AF279897

Julia Nachtwald

Mord im Paradies

Krimi

FSC
www.fsc.org
MIX
Papier aus ver-
antwortungsvollen
Quellen
Paper from
responsible sources
FSC® C105338

Impressum

Bibliografische Information der Deutschen Nationalbibliothek:
Die Deutsche Nationalbibliothek verzeichnet diese Publikation in der Deutschen Nationalbibliografie; detaillierte bibliografische Daten sind im Internet über http://dnb.dnb.de abrufbar.

© 2025 Julia Nachtwald

Verlag: BoD · Books on Demand GmbH,
In de Tarpen 42, 22848 Norderstedt, bod@bod.de
Druck: Libri Plureos GmbH, Friedensallee 273,
22763 Hamburg

ISBN: 978-3-7693-5330-3

Prolog

Er sackte zusammen, der Adlerflüge oder bessergesagt, seine Lieblingsstatue aus Bronze, hatte eine hässliche Wunde in seinen Kopf geschlagen. Blut floss ihm übers Gesicht. So hatte er sich sein Ende nicht vorgestellt. Er hatte einen Verwandten erwartet und seinem Mörder die Tür geöffnet. Es wurde schwarz um ihn herum, sein Leben verschwand in der Dunkelheit.

Ankunft in Kingston

Ronny, 20. Oktober

Die Wellen schlugen gegen den Schiffsbauch, alles schwankte. Das Meer war nicht seine Heimat, er brauchte Festigkeit, Erde, nicht dieses Unstete ständig in Bewegung sein. Ronny unterdrückte die Übelkeit mit einem Kaugummi gegen Reisekrankheit und sammelte seine Sachen in die Reisetasche. Mit Schwung warf er sie über den Rücken und stieg die Eisentreppe nach oben an Deck. Die „Good Hope" lief nach acht Tagen Atlantiküberquerung in den Hafen von Kingston ein.

Hier begann sein neues Leben. Hätte er eine Bucht mit kristallklarem Wasser und türkisblauem Meer erwartet, wäre er beim Anblick der Portalkräne und Containerschiffe enttäuscht gewesen. Doch ihm ging es einzig und allein darum hier, ohne großes

Aufsehen einzureisen und wenn möglich für lange Zeit zu bleiben. Hinter den Hafenterminals befand sich die Stadt und dahinter erhoben sich mit üppigem grün mit Bergregenwald bewachsenen Hügel und blauen Bergen. Er sah sich um, checkte nüchtern die Umgebung. Ob man ihn hier schon suchte? Ob sie ihn gleich bei der Einreise festnehmen würden? Er setzte sein Pokerface auf und folgte den Besatzungsmitgliedern der „Good Hope" an Land.

Niemand nahm von ihm Notiz. Der Beamte der Einreisebehörde fragte nur:

„Wann läuft die „Good Hope" wieder aus?"

„In zwei Tagen."

Sein Pass erhielt einen Stempel mit der Aufenthaltsberechtigung für zwei Tage. Er verließ das Gebäude und registrierte, dass der

Boden unter ihm immer noch schwankte. Seekrankheit. Er setzte seine Sonnenbrille auf und ignorierte, die Händler mit dem Obst, die jungen Jamaikanern in Ringel-T-Shirts und Jeans, die gelangweilt auf ihren Gartenstühlen saßen und auf Kunden für ihre Jacas, Mangos und andere tropische Früchte warteten.

Zielstrebig verließ er das Hafengelände und folgte der Weststreet bis zum Sir William Grant Park, durchquerte die Grünanlage. Immer wieder warf er einen Blick zurück, folgte ihm jemand? Am Ausgang des Parks hielt er inne.

Er war allein, abgesehen von den Einheimischen, die ihn nicht beachteten. Zufrieden mit sich und der Welt machte er sich auf den Weg zu seiner Unterkunft.

Die „Jaca Lodge" war ein apricotfarbenes Appartementhaus, ein wenig im Grün versteckt. Ein Gebäude, das sich in die Gegend einfügte, dazu passte. Er war zufrieden mit seiner Wahl und checkte ein. In seinem Appartement atmete Ronny tief durch, streifte die Schuhe ab und legte sich aufs Bett. Endlich kein Schwanken mehr. Was für ein Lebensgefühl.

Später las er die Schlagzeilen in Deutschland im Internet. Sein Name kam nicht vor. Er lachte leise. „Unfälle" wie dieser fanden sich höchstens als Randnotiz. Ein Schicksalsschlag eben. Es lief genauso gut wie damals.

Als er erwachte, war er voller Tatendrang und Reiselust. Und das, obwohl Appartementhaus ideal für weitere Erkundungen war. Das Appartement war sauber und lag in einer ruhigen Gegend von Kingston. Aber es trieb ihn fort. Er holte das Adlerbild aus seiner Tasche. Das Bild war von einer Flugschau. Seither war Ronny fasziniert von den Jägern der Luft, die aus der Höhe herunterstießen auf ihr Opfer, das keine Ahnung hatte, dass es in Gefahr war. Ronny wollte immer nur so wie der Adler sein.

Kingston war nur ein Zwischenziel, eine Etappe auf seiner Reise.

Er wollte zu Alex, seinem einzigen Freund aus seiner Kindheit.

Alex, er dachte zurück, an seine Zeit im Kinderheim. Seine Eltern hatten ihn nach der Scheidung dort abgegeben, wie ein Tier im Tierheim. Niemand hatte sich für ihn interessiert. Er war der jüngste in der Gruppe.

Nur Alex hatte Mitleid mit ihm und er kümmerte sich um ihn, wenn er Schläge bezog, wenn sie ihn aussperrten oder sonst was mit ihm anstellten. Und zu Alex würde er jetzt gehen, zumindest bis er sich sicher war, wie sein Leben weiterlaufen sollte. Nach Deutschland konnte er nicht zurück. Nur mit Alex hatte es da nicht ein Problem gegeben?

Nein, Tanja, sie war das Problem, aber Alex wusste oder vermutete, wie die Sache gelaufen war. Aber er hatte nie etwas gesagt. Und Ronny war sich sicher, er würde nie etwas sagen oder?

Er scrollte durch seine Kontakte, er starrte Alex Nummer an. Sollte er ihn anrufen und Bescheid geben, dass er vorbeikam? Nein. Er würde ihn überraschen. Er suchte Alex Hostel im Internet. Es lag im Nordosten Jamaikas, einmal quer über die Insel, oder besser gesagt an der Küste entlang um die Blue Mountains herum bis Port Antonio. Mietwagen, Bus oder Fahrer. Er zweifelte, doch das Mädchen an der Rezeption hörte sich seine Fragen an und bestellte einen Wagen mit Fahrer. „Morgen 11 Uhr bis Port Antonio."

Er schob ihr einen Schein hin.

21. Oktober, „Judy´s Farmhouse-Lodge", Port Antonio

Am Nachmittag kam er am Hostel an. Es sah noch schöner aus als auf den Bildern. Das Haupthaus war ein lang gestreckter Bau goldgelb getüncht, mit blauen Fenstern und Türen, einer Veranda hinter üppigem Grün.

Bunt lackierte Holzstühle mit Blick aufs Meer über die ganze Bucht. Ronny atmete auf. Da hörte er andere Gäste reden, sie kamen zu ihm. Es war ein Pärchen, ganz normale Leute.

„Hallo bist du neu hier?"

„Ja."

„Also Alex ist im Haupthaus, wenn du einchecken willst."

„Danke." Er schlenderte über das Grün zum Haus.

Wiedersehen mit Alex

Alex stand an der Rezeption und gab etwas in den Computer ein. „Hallo Alex. Hast du noch ein Zimmer für mich?"

Alex sah auf, kniff die Augen zusammen. Es dauerte ein paar Sekunden, bis er sagte: „Ronny, mit dir habe ich jetzt überhaupt nicht gerechnet. Ich hätte dich beinahe nicht erkannt. Schön, dass du da bist." Er kam um die Theke herum. „Mensch, Ronny das ist jetzt ewig her."

„Ja, seit du das Kinderheim verlassen hast und weggegangen bist."

„Du hast dich auch nie gemeldet."

„Stimmt."

„Aber jetzt bist du ja hier. Komm setzt dich erst mal raus in die Lounge, ich komme gleich zu dir."

Ronny war irritiert, er wusste nicht genau, was er erwartet hatte, aber Alex war irgendwie kühl. Hatte er noch Kontakte nach Deutschland, die ihn informiert hatten?

War Alex eine Gefahr für ihn, die er beseitigen sollte? Doch in diesem Moment kam Alex mit einem Tablett mit einer Karaffe Wasser und zwei bunten Cocktails durch die Tür.

„Mensch, das Wiedersehen, das müssen wir feiern."

Alex ließ sich ihm gegenüber nieder.

„Laß uns anstoßen."

Der Cocktail schmeckte fruchtig und sehr lecker. Alex war doch sein Freund.

„Ja, was ist denn alles passiert in deinem Leben?", fragte Alex und lehnte sich im Sessel zurück.

„Sag mir erst wie es dich hierher verschlagen hat?", fragte Ronny.

„Also, ich habe mal eine Reise in die Karibik gemacht, so mit ein paar Leuten von meiner Firma und es war so schön hier, dass ich hier bleiben wollte."

„Bist du geblieben?"

Alex lachte. „Nein, so schnell ging es nicht. Ich hatte eine Freundin. Und die war meine große Liebe. Nur leider hat die irgendwann mit meinem besten Kumpel angebandelt. Und als das raus kam wollte ich nur noch weg. Ja, und dann habe ich dieses Hostel hier gefunden, das konnte ich mir gerade so leisten und ich hab`die Sache gekauft. Und jetzt bin ich hier. Seit zwei Jahren." Alex schob sich die Locken aus der Stirn.

„Echt coole Sache, das alles hier.", sagte Ronny. Sein Blick glitt über die Wiese bis zu den Bungalows und dem Ozean dahinter.

„Ja, läuft gut hier. In der Saison. Jetzt gerade eher nicht, aber ab Januar ist wieder was los hier. Und du, sag, wie ist es dir ergangen, du hast doch Karriere gemacht nicht?"

„Weiß nicht." Ronny stellte das Glas ab. „Bin Techniker, ob das Karriere ist, weiß nicht. Ja gut."

„Und du machst Urlaub hier?"

„Ja." Ronny wippte auf dem Stuhl hin und her. „Vielleicht auch ein wenig länger."

„Ah? Warum? Wie kommt es?"

„Lust auf Abenteuer."

„Ok, da bist du auf Jamaika genau richtig. So ungefährlich ist es hier nicht. Aber das weißt du ja sicher schon. Wo bist du denn angekommen? Montego Bay oder Kingston Flughafen?"

„Mit dem Schiff in Kingston."

„Ah."

Ronny bemerkte wie sich der Ausdruck in Alex Gesicht für den Bruchteil einer Sekunde veränderte.

„Ja, und du willst dir sicher die Insel ansehen? Oder erst mal in der Umgebung bleiben? Die kann ich dir gerne zeigen."

„Phh, habe noch gar nicht darüber nachgedacht.", sagte Ronny.

Das war nicht mehr sein Alex. Dieser Alex war wie alle anderen auf der Welt, die einen fragten, fragten, fragten und am Ende war man raus. Alex sah auch ganz anders aus mit seinem Wuschelkopf und der kleinen runden Brille mit braunem Rand. Sie hatten sich Jahre nicht gesehen, genau genommen, war das hier nicht sein Alex, sondern ein völlig Fremder. Dem er sich hier anvertraute.

„Ja, also ich würde hier erstmal für drei Wochen bleiben. Ich zahle im Voraus.“

„Ok.“ Alex atmete tief durch. „Aber wir haben nicht immer das beste Wetter hier und du hast die Zufahrt gesehen. Sie ist nicht immer befahrbar. Manchmal sitzt man hier auch fest.“

„Alles gut.“, sagte Ronny und wischte alles mit einer Handbewegung weg.

„Ich wollte es nur gesagt haben, nicht dass du enttäuscht bist.“

Er stellte die leeren Gläser auf das Tablett und trug sie ins Haus. Wenig später kam er mit einem Schlüssel und der Rechnung zurück. „Du bekommst Bungalow vier. Ich zeig ihn dir gleich. Er liegt ein wenig näher am Meer als das Haupthaus. Du kannst beim Einschlafen sogar das Rauschen hören.“

Ronny erhob sich und nahm seine Reisetasche.

„Und, hast du viele Gäste gerade?“

„Außer dir noch ein Pärchen Holger und Sibylle aus Dortmund. Die sind ganz ok. Wie gesagt, es ist gerade keine Saison hier. Da kommen nur vereinzelt Touristen, wenn man nicht auf den amerikanischen Markt ausgerichtet ist, so mit Honey-Moon Suite und so.“

Ronny grinste. „Ist auch schön, wenn es ruhig ist hier.“

Sie liefen über die Wiese bis zum Bungalow. Bungalow vier war ein Schlaf-Wohnraum mit Bad und WC, großen vergitterten Fenstern und einem riesigen Moskitonetz über dem Bett. Der Blick auf die Bucht war das Beste daran.

„Habe ich zu viel versprochen?“, fragte Alex.

„Nein. Sehr schön."

„Ich grille später für alle, wenn du kommen willst?"

Ronny nickte. „Ja."

„Bis später."

Alex verschwand Richtung Haupthaus.

Ronny sah ihm nach. Irgendwie wurde er das Gefühl nicht los, dass er Alex nicht willkommen war. Dieses Gefühl bohrte sich in seine alte Wunde, verstärkte den Schmerz. Jetzt also auch noch Alex.

22. Oktober, „Judy´s Farmhouse-Lodge"

Am nächsten Morgen reiste das Pärchen ab. Alex und er waren jetzt allein hier draußen.

„Wie sieht es aus? Soll ich dich mit in die Stadt nehmen?", fragte Alex nach dem Frühstück.

Ronny nickte.

„Vielleicht willst du zur Blue Lagoon, die ist nur 10 km entfernt, das Meer ist dort blau und urwaldmäßig umrankt.", sagte Alex.

„Wie, die Blaue Lagune, die aus dem Film? Die ist hier?" Ronny war erstaunt.

Da war sie wieder die alte Vertrautheit. Alex grinste und sagte: „Genau die, oder willst du zur Boston Bay, da gibt es leckere Hühnchen?"

„Wenn niemand im Hostel ist, könnten wir doch zusammen fahren?", fragte Ronny.

Alex zögerte. „Ja, ein anderes Mal, ich habe heute schon was anderes geplant."

„Gut. Dann bestelle mir bitte ein Taxi."

Ronny fuhr zur Blue Lagoon. Das Meeresblau changierte zwischen Jade und Smaragd.

Es war wie im Film, er träumte von sich und Tanja in den Hauptrollen. Und da riss der Film. Die Erinnerung an Tanja, die er nie mehr haben wollte. Er schüttelte sich und fuhr weiter zur Boston Bay. Der Strand war wie aus dem Reiseprospekt, ein Traum.

Im Ort entlang der Straße brutzelten in Wellblechhütten Hühner und Schweine auf riesigen Grills. Zum ersten Mal seit langer Zeit hatte er richtig Hunger. Später fuhr er ins Hostel zurück.

Alex begrüßte ihn kurz, wandte sich aber wieder dem Jamaikaner zu, mit dem er sich unterhielt. Ronny ärgerte sich ein wenig, dass ihm Alex nicht mehr Aufmerksamkeit schenkte, und zog sich zurück in seinen Bungalow. Er legte sich aufs Bett und starrte an die Decke, ließ die Gedanken ziehen. Er brauchte einen Plan. Er wollte hier leben.

Für immer oder zumindest für sehr lange Zeit hierbleiben. Dieses Hostel lag versteckt ein wenig außerhalb von Port Antonio. Mit GPS war das Haus nicht zu finden.

Wer kannte den Ort schon? Ein paar Gäste, Alex und sein Nachbar Jaydan, ein Jamaikaner, der seinen Lebensunterhalt als pushcart driver verdiente und das Obst aus Alex Garten erntete und verkaufte. Der Blick auf das Meer, der riesige Garten, die Obstbäume rundherum. Es war wie im Paradies. Und Schlangen gab es nur in den Mangrovenwäldern. Ein Paradies, das er für sich erobern würde.

Und entweder Alex akzeptierte ihn von sich aus oder er würde ihn dazu zwingen, wie auch immer.

Und dieser Jaydan, um den würde er sich kümmern. Er lebte im Haus am Hang und übersah das ganze Grundstück des Hostels. Und Jaydan tauchte immer wieder unvermutet auf. Das störte ein wenig.

Aber erst mal würde er Alex überzeugen, dass es mit ihm leichter war, das Hostel zu betreiben als allein. Denn technisch war er ein Ass und Alex eine Niete. Und zu tun gab es in so einem Haus immer etwas.

Aber zuerst wollte er ihn nach diesem Jamaikaner fragen. Er kam zu Alex ins Haus.

„Schönes Obst hier."

„Ja, das kommt aus meinem Garten."

„Und warum erntet er es?"

„Lange Geschichte." Alex polierte die Gläser.

„Also, ursprünglich arbeitete seine Ur-Großmutter hier noch als Sklavin. Und aus der Zeit gibt es einen Vertrag. Der letzte Eigentümer der Familie vererbt es an seine Familie, jetzt also

Jaydan. Aber es gab einen Trick. Der letzte Williams hat es an das Paar vor mir verkauft, mit der Maßgabe, dass sie es an Jaydan vererben müssen."

„Aber sie haben es dich verkauft."

Er nickte. „Ja, und ich habe es an Jaydan zu vererben, und das Obst, das ich nicht fürs Hostel brauche gehört ihm. Von dem Verkauf kann er leben."

„Er hat Geschichten über das Haus erzählt. Du glaubst es nicht."

„Warum, spukt es?"

„Nicht direkt. Aber die Frauen in diesem Haus hatten die Neigung ihre Männer umzubringen."

Alex legte das Tuch weg. „Vielleicht hatte der Typ vor mir Angst, dass seine Frau..". Er brachte den Satz nicht zu Ende.

Ronny lachte. „Ein Grund nicht zu heiraten."

23. Oktober bis 03. November, Hostel Port Antonio

In den nächsten Tagen kamen immer wieder einzelne Backpacker, Individualisten, die ein oder zwei Nächte blieben, nicht länger. Also reich wurde Alex hier nicht. Das konnte doch gerade so zum Leben reichen. Aber Ronny machte sich keine Gedanken, checkte immer wieder angespannt das Internet nach Meldungen, die betreffen konnten. Und ansonsten nahm er das Leben leicht.

Ronny schlief viel, machte Spaziergänge entlang der Klippen und erkundete die Gegend. Er folgte Alex Ausflugsvorschlägen zu Frenchman`s Cove, den Sommerset Falls und er erkundete Port Antonio und die Umgebung. Es war traumhaft schön hier. Alles wie aus einem Werbeclip.

Das Einzige, was ihn störte, war der Bankautomat mit Kamera in der Stadt. Sicherheitsgründe.

Aber Ronny wollte auf keinen Fall gefilmt werden. Zwar hatte er auch eine Bankkarte für seine Konten auf den Namen Finn Sanders. Aber konnte man wissen, wo so eine Filmaufnahme am Ende landete? Und wie hieß es so schön, wenn man jemanden finden wollte? „Folge dem Geld.". Er brauchte einen Automaten, bei dem er anonym blieb.

In der Boston Bay hatte er schon mal an einem Bankautomaten in einem Hotel Geld abgehoben. Das würde er wieder tun.

Sein gebuchter Aufenthalt ging bald zu Ende, jetzt kam es darauf an, Alex zu beweisen, wie nützlich er für ihn sein könnte. Ronny wartete auf die passende Gelegenheit und sie kam als Alex das Dach eines Bungalows erneuern, wollte, um für den Regen im November gewappnet zu sein. Noch war es heiß bei knapp 30 Grad und nur der Wind kühlte ein wenig.

Ronny sah ihm von der Lounge aus dabei zu. Als sich Alex an einer Dachplatte abarbeitete, war das seine Chance.

„Brauchst du Hilfe?"

„Nein, geht schon."

Ronny wartete neben dem Bungalow ab und sah Alex zu.

„Ok, wenn du schon da bist, dann hilf mir mal mit dem Wellblech."

Ronny hievte die Platte hoch aufs Dach.

„Danke, zu zweit ging das wirklich leichter. ", sagte Alex und richtete die Platte aus.

„Ich kann dir noch bei viel mehr helfen.", sagte Alex.

„Danke den Rest schaffe ich allein. Die Platte war nur so unhandlich.", sagte Alex, er wehrte Ronnys Angebot ab.

„Ich mache das doch gerne.", sagte Ronny.

„Ja, du hast doch Urlaub, Ronny, genieße es."

„Aber ich könnte doch.."

„Nein, und ich will das nicht." Alex`Ton war schärfer geworden. Er drehte sich von Ronny weg, als wollte er ihn abschütteln wie ein lästiges Insekt.

„Ok." Ronny steckte die Hände in die Hosentaschen, drehte sich weg und nahm den Weg den Klippen entlang.

Alex hatte ihn abgelehnt. Das ärgerte ihn.

Alex wusste doch, dass er mit Ablehnung ein Problem hatte. Aber

Alex war zumindest früher ein Freund und vielleicht ließ er sich doch überzeugen, dass es besser war, das Hostel zu gemeinsam zu führen. Es war ein langer Spaziergang. Dieser Ozean, die Weite. Das alles faszinierte ihn.

Auf dem Rückweg bemerkte er einen Bussard, der auf dem Boden saß.

Er hatte sich den Flügel verletzt. Der Vogel hüpfte von Ronny weg und versuchte abzuheben, aber er sank immer wieder zurück aufs Grün. „Du gehörst jetzt mir." Er fing den Bussard ein, hielt ihn so fest, dass er sich nicht mehr rühren konnte, und trug ihn zum Hostel. Ronny setzte den Bussard vor der Lounge ab und holte Stück Fleisch aus dem Kühlschrank. Er schnitt es in Stücke. Er brachte es dem Vogel, stellte ein wenig Wasser in einem Blumenuntersetzter hin. Das Tier zögerte, aber dann verschlang es ein Stück nach dem anderen.

Ronny beobachtete ihn. Er wollte den Vogel um jeden Preis behalten und holte sich Maschendraht und Holzbretter aus dem Keller des Hostels. Alex fragte er nicht. Er baute eine Voliere am Rand des Grundstücks. Da wo der Mangrovenwald begann.

Als er fertig war und der Bussard in seiner Voliere saß, sah er auf. Jaydan stand auf seiner Veranda und blickte zu ihm herüber.

In der nächsten Zeit entwickelte sich der Bussard zu seinem Lebensinhalt.

Alex sagte nichts dazu. Sie gingen sich die nächsten Tage aus dem Weg.

10. November, exakt drei Wochen nach seiner Ankunft

Sie waren seit einigen Tagen allein im Hostel.

„Reist du morgen ab?", fragte Alex beim Frühstück.

„Äh, ich weiß nicht, sind die drei Wochen schon um?"

„Ja."

„Aber Ich würde gerne verlängern.", sagte Ronny.

„Wie lange?", fragte Alex.

„Eh, du klingst nicht begeistert?"

„Willst du hier Urlaub machen, wenn keine anderen Gäste hier sind? Das ist doch langweilig."

„Nicht für mich und ich stör dich auch nicht.", antwortete Ronny.

„Weiß nicht, wir müssen reden. Wegen des Vogels."

„Ja, ich habe ihm eine Voliere gebaut und ich dachte, ich könnte dir auch einfach mal im Hostel zur Hand gehen. Bei der Technik und so." Ronny spielte mit dem Messer herum.

„Nein. Lass den Vogel frei. Und wenn du mir hilfst, dann nur gegen Bezahlung. Nicht einfach so. Es ist mein Hostel. Die Einnahmen reichen nur für mich. Höchstens in der Hauptsaison reicht der Gewinn für zwei.", sagte Alex. Er stellte das Geschirr auf das Tablett und räumte den Tisch ab.

„Aber ich brauche dein Geld nicht.", sagte Ronny. „Ich glaube einfach du vertraust mir nicht. Ich könnte mich an den Ausgaben des Hostel beteiligen. Aber ich muss erst nach Boston Bay fahren und Geld holen."

„Wieso Boston Bay? In Port Antonio gibt es doch einen Automaten.", sagte Alex und sah Ronny forschend an.

„Ich fahre nach Port Antonio. Gib mir die Karte, ich bringe dir Geld mit. So wie früher.", sagte Alex, als Ronny ihm nicht antwortete.

„Nein."

Ronny wurde wütend. Er gab seine Karte nicht aus der Hand. Niemals. Nicht diese Karte.

„Siehst du, du willst nicht, dass ich mit deiner Karte Geld von deinem Konto für dich abhebe. Ich glaube das Problem ist, dass *du mir* nicht vertraust.", sagte Alex und trug das Geschirr ins Haus. Ronny starrte in die Luft. Es gefiel ihm überhaupt nicht, wie sich dieses Gespräch entwickelte.

„Was wird mit dem Vogel, wenn du gehst, soll ich ihn freilassen?", fragte Alex weiter, als er die Zuckerdose zurück in den Schrank stellte.

Ronny schwieg. Er wollte nicht gehen.

„Noch gehe ich nicht. Ich verlängere, hast du schon vergessen?"

„Aber wenn.."

„Aber Alex, ich dachte, der Vogel wäre eine Attraktion für dich. So mit Flugschau."

„Ich mag Vögel nicht besonders.", sagte Alex.

Sie schwiegen sich an. Es fing an zu regnen. Die Tropfen fielen auf das Dach der Lounge.

„Möchtest du nicht mal Urlaub in Deutschland machen? Freunde besuchen und so? Kollegen? Ich könnte dich solange hier vertreten.", sagte Ronny.

„Nein.", sagte Alex, sein Gesicht wurde rot.

„Warum nicht?", fragte Ronny.

„Ich will das nicht, ich habe keinen Kontakt mehr. Ich lebe hier. *Ich* will nicht nach Deutschland zurück.

Und *du* willst mir deine Karte nicht geben, weil du mir nicht vertraust, Ronny. Oder soll ich sagen „Finn Sandner" Was hast du zu verbergen Ronny, was hast du dieses Mal angestellt?"

Finn. Ronny schoss das Blut in den Kopf. Alles in ihm wechselte in den Kampfmodus.

„Woher weißt du, dass auf meiner Karte Finn Sandner steht?" „Ich habe in deinem Bungalow die Bettwäsche gewechselt, wie du gesehen hast. Die Bankkarte lag auf dem Tisch. Sie war nicht zu übersehen."

Ronny erhob sich und baute sich vor Alex auf.

„Und was geht dich das an?"

„Weiß nicht."

Alex zitterte, er wich zurück.

„Ok, bleib solange du willst. Aber misch dich nicht in den Hostelbetrieb ein."

Alex drehte sich weg. In Ronny stieg wieder dieses Gefühl auf, wie damals. Er griff nach einer halb vollen Flasche Rum, die auf der Anrichte neben ihm stand. Am liebsten hätte er sie ihm über den Schädel gezogen. An der Tür ein Geräusch, er zog die Hand zurück. Im nächsten Moment stand Jaydan vor ihnen.

„Alex? Ich bringe das Obst."

Sein Blick glitt über Alex und Ronny, und blieb an Ronnys Hand an der Flasche hängen.

„Alles ok bei euch?" Jaydan sah von Alex zu Ronny und wieder zu Alex.

„Ich begleite dich dein Stück.", sagte Alex.

Alex und Jaydan gingen gemeinsam in den Garten.

Ronny blieb zurück.

Er unterdrückte seine Wut auf Jaydan. Es war besser so, impulsives Handeln brachte nichts als Ärger.

Ronny wollte wissen, nein er musste wissen, ob Alex schon irgendjemandem etwas von falschen Papieren erzählt hatte. Dafür brauchte er noch ein wenig Zeit. Und er brauchte Alex Vertrauen.

Ronny atmete durch, entspannte sich. Er trat hinaus ins Freie. Alex und Jaydan redeten und unterbrachen das Gespräch, als er dazukam. Ob Alex Jaydan ins Vertrauen gezogen hatte? Nein, so eng waren die beiden nicht.

„Ich geh dann mal an den Strand.", sagte Ronny. Er wollte harmlos klingen, so harmlos wie Touristen eben waren.

Alex

Alex atmete auf.

„Ist alles ok?", fragte Jaydan

„Ja, ja, Ronny ist einfach schon ein wenig zu lange da."

Jaydan deutete ein Lächeln an und verschwand mit dem Obst Richtung Mangrovenwäldchen.

Alex schüttelte sich. Vorhin mit Ronny allein, da war er ihm unheimlich gewesen. Er war so anders, und für eine Sekunde hatte er ihm alles zugetraut. Er starrte Richtung Meer. Was genau wusste er von Ronny?

War Ronny immer noch der Junge, den er vor den Großen in Schutz genommen hatte? Seine Gedanken wanderten zurück bis in dieses Kinderheim, in dem er gelandet war, weil seine Mutter eine alleinerziehende Alkoholikerin war, Vater unbekannt. Hieß es jedenfalls. Bei Ronny sah die Sache anders. Angeblich war seine Mutter süchtig nach Psychopharmaka und sein Vater aus beruflichen Gründen nicht in der Lage, sich zu kümmern. Später stellte sich heraus, dass beide keine Lust darauf hatten, für ihn da zu sein. Seine Mutter hatte eine Therapie begonnen und ihr persönliches Glück gesucht. Sein Vater hatte sich seiner Karriere verschrieben.

Für Ronny blieb nur die staatliche Fürsorge. Die großen Jungs akzeptierten ihn nicht, er, Alex schritt immer ein. Später, da war er schon raus, weil er zwei Jahre älter war, da verliebte sich Ronny in dieses Mädchen. Tanja. Tanja verunglückte später vor seinen Augen. Sie brach auf einem zugefrorenen See ein. Ronny stand zwei Meter entfernt und konnte ihr nicht helfen. Sie schickten ihn zu einer Psychologin. Es war ein Unfall. Hieß es.

Doch später sagte Ronny in einem Gespräch beiläufig, Tanja hätte es auch nicht anders verdient. Damals hatte er Gänsehaut bekommen, sich gefühlt, als wäre er in eine Kaltluftfront geraten. Er hatte nicht nachgefragt. Es war ihm unangenehm. Doch die Art, wie Ronny von ihr redete, ließ ihn an der offiziellen Version zweifeln. Er sagte nichts dazu, redete nicht darüber und forschte nicht nach.

Aber genau genommen war das der Grund, warum er die Freundschaft einschlafen ließ. Schon damals hatte er das Gefühl, dass mit Ronny etwas nicht stimmte.

Er meldete sich seltener bei Ronny, sagte Treffen ab. Erst war der Grund seine Freundin, dann sein Auswandern nach Jamaika. Und dann war der Kontakt versandet. Ronny hatte sich von sich aus nicht mehr gemeldet.

Wie hatte Ronny ihn überhaupt gefunden? Klar, über die Website des Hostels und seinen Facebook-Account.

Solange andere Gäste im Hostel waren, war Ronny nicht unangenehm aufgefallen. Aber seit die Gäste weg waren und das Hostel leer, bot Ronny ihm ständig Hilfe an. Hilfe, um die er nicht gebeten hatte.

Ronny nervte. Aber er sagte nichts. Ronny würde ja bald abreisen.

Nur dann machte er diese Entdeckung:

Als er in Ronnys Bungalow die Bettwäsche wechselte, und frische Handtücher bringen wollte, da reichte es ihm.

Der Raum roch nach Alkohol und Zigaretten. Ronny hatte doch früher nicht geraucht. Er öffnete das Fenster, ließ die salzige Meeresluft ins Zimmer.

Alex bezog das Bett neu. Beim Wechseln des Lakens fiel ihm die Reisetasche auf, die offen halb unter dem Bett lag und halb hervorschaute. Alex blinzelte. Da lag eine gerahmte Fotografie von einem Adler mit ausgebreiteten Schwingen und daneben zwei Reisepässe.

Eigentlich ging ihn das alles ja gar nichts an. Aber die Neugierde siegte über alle Bedenken von Privatsphäre und so. Er griff in die Tasche und holte die beiden Pässe heraus.

Der erste lautete auf Ronny, das war ok. Der zweite mit Ronnys Foto gehörte einem Finn Sandner. Österreicher. Er legte die Pässe zurück.

Was sollte das alles?

Vorsichtig sah er die Reisetasche durch. Kreditkarten, Führerschein. Alles doppelt.

Was für ein Spiel spielte Ronny? Was hatte er zu verbergen? Konnte er ihm noch trauen? Wobei das Vertrauen zu Ronny ohnehin seit dieser Sache mit Tanja angeknackst war.

Alex sah aus dem Fenster, Ronny stand oben auf der Veranda. Sein

Blick fiel auf den Tisch. Da lag eine Bankkarte auf den Namen Finn Sandner. Schnell machte Alex das Bett fertig, schloss das Fenster und verließ den Bungalow.

Er hatte sich entschieden: Er wollte Ronny loswerden, Ronny war gefährlich. Er war nicht mehr der kleine Junge, den er früher beschützt hatte. Der Tag verging mit kleinen Arbeiten im Hostel, so wie jeder andere Tag auch.

Als die Nacht kam wurde Alex unruhig. Er hatte Angst. Vor Ronny.

Es war die erste Nacht auf Jamaika, in der Alex schlecht schlief und bei jedem Geräusch erwachte.

Im Grunde war es ihm egal, was Ronny auf dem Kerbholz hatte, er wollte nichts wissen, er wollte, dass Ronny verschwand und nie wieder bei ihm auftauchte.

Alex konnte Ronnys Abreise kaum erwarten. Wer wusste schon, wozu Ronny fähig war. Er wagte es auch nicht im Internet nach Ronny zu suchen. Aus Angst Ronny könnte es mitbekommen.

Er würde Ronny nicht erlauben, seinen Aufenthalt im Hostel zu verlängern. Er würde das Geld von Ronny ablehnen uns sagen, das Hostel sei geschlossen, er reise in die USA.

Alex atmete tief durch. Ja, genauso würde er es machen. Dann fiel ihm wieder ein, was Ronny ihn am Anfang seines Aufenthalts gefragt hatte, und ihm wurde schlecht.

„Wie erkennst du, ob einer deiner Gäste gefährlich ist?"

Er hatte gelacht und gesagt, das wären doch alles nur Urlauber und wer wäre denn schon gefährlich. Da hatte Ronny mitgelacht.

Jetzt sah Alex diese Frage in einem anderen Licht.

Doch im Grunde hatte er Ronny schon, als er hier bei ihm auftauchte mit gemischten Gefühlen empfangen. Solange andere Gäste da waren, war alles ok, aber jetzt mit ihm alleine, war das anders.

Sie waren beide nicht mehr die Jungs vom Kinderheim: Er der Beschützer, Ronny der Schwächere von ihnen beiden. Das Leben hatte sie beide verändert.

Oder nein, Ronny war immer schon seltsam gewesen, nur er selbst hatte sich verändert und erkannte das jetzt.

Morgen würde er mit ihm reden. Vielleicht konnte Jaydan dazukommen. Und heute würde er noch mal mit Ronny grillen. Zum Abschied.

Ronny

Ronny wanderte vom Strand zurück. Zu lange durfte er seinen alten Freund nicht allein lassen. Er sollte doch nicht auf dumme Gedanken kommen.

„Was riecht hier so lecker?", fragte er Alex, der in der Küche stand und ein Dressing mixte.

„Fürs Grillen heute Abend."

„Oh, sehr schön.", sagte Ronny. „Da freue ich mich drauf. Sag mal, darf ich kurz deinen Computer benutzen? Mein Laptop streikt."

Alex wischte seine Hände an der Küchenschürze ab. Dann ging er rüber zum Computer.

Ronny trat einen Schritt zurück, als er den Code eingab. „Hier bitte." Aber er sah Alex über die Schulter und merkte ihn sich.

„Danke. Bist eben ein echter Freund.", sagte Ronny. Alex ging zurück in die Küche.

Zeit, Alex Mails zu checken. Nur Werbung aus Jamaika, Handwerker, Gäste, das Pärchen, das er auch kennengelernt hatte. Er scrollte sich durch. Alex schrieb nicht mit Deutschland. Ronny atmete auf.

„Alles klar?", fragte Alex.

„Ja, danke. Alles gut." Heute war es so weit. Er würde Alex loswerden. Nach dem gemeinsamen Essen. Und es duftete so gut aus der Küche herüber. Wie machte Alex das bloß? Er war doch sonst so ein Versager.

Ronny fand Alex mit einem rustikalen Hackmesser bei der Arbeit. „So eines hätte ich auch gerne." Er sah Alex an, und beobachtete, wie sich dessen Härchen an den Armen aufstellten. Das entlockte ihm ein Grinsen.

„Ich heize schon mal den Grill an.", sagte er.

Alex

Alex deckte den Tisch, das Feuer im Grill qualmte herüber, vom Nachbarhaus winkte Jaydan. Ob er ihn herüberbitten sollte? Aber Jaydan verschwand im Haus, bevor er reagieren konnte. Und doch hätte er sich um so viel wohler gefühlt, wenn er nicht mit Ronny allein gewesen wäre an diesem Abend. Allein wie Ronny vorhin auf das Messer gestarrt hatte.

Er holte zwei Bier aus dem Keller und irgendetwas in ihm sträubte sich, den Abend mit Ronny zu verbringen. Warum hatte er bloß mit dem Grillen angefangen. Wäre er doch in die Stadt gefahren und hätte dort in einem Hotel übernachtet. Ein verrückter Gedanke, aber er befreite ihn. Eigentlich konnte er immer noch. Sein Blick fiel auf die Autoschlüssel, er streifte die

Schürze ab, nahm sein Handy und griff nach den Schlüsseln, da steckte Ronny den Kopf herein. „Und brauchst du Hilfe? Willst du nochmal weg?"

„Ja, äh, ich dachte, ich hole schnell noch Fisch." Ronny trat so nah an Alex heran, dass er seien Atem riechen konnte. Aex zitterte, da entwand ihm Ronny die Schlüssel.

„Das Fleisch reicht uns doch.", sagte er. „Komm mit raus. Nimm zwei Colaflaschen mit. Ich habe Rum mitgebracht."

„Aber Ronny doch nicht schon zum Essen."

„Glaub mir, es wird dir gut tun."

Alex gab auf. Er nahm noch zwei Colaflaschen mit und setzte sich hinaus. Alles war perfekt. Der Sonnenuntergang, die Luft, angenehm warm, die Lounge. Warum nur fühlte er sich so schrecklich beklommen? War das Angst? Ja. Das

war es, und es war zu spät. Es wurde
dunkel. Kurz nach 18 Uhr würde es
finster werden. Darauf wartete
Ronny. Es war dann so dunkel, dass
Jaydan nichts mehr mitbekommen
würde. Alex entzündete eine Fackel.

„Komm lass gut sein, eine Fackel
reicht." Sie flackerte im Luftzug.
„Meinst du?"

„Sicher.", sagte Ronny.

Ronny mixte die Cocktails und
schob Alex einen hin. „Trink."

Alex nahm einen großen Zug.
Danach wurde alles schwarz.

Ronny

Ronny atmete auf. Alles war so,
wie er es sich vorgestellt hatte.
Die Tropfen waren noch gut. Alex
Zeit war abgelaufen.

War das nicht ein Knacken, so wie
wenn jemand auf einen dürren Zweig

getreten war? Ronny hielt den Atem an. Das konnte nur Jaydan sein.

„Jaydan?", sagte er. Nichts rührte sich.

„Jaydan?"

Er stand auf und ging ein paar Schritte weg von der Lounge. Aber hier war alles stockdunkel. Nichts zu sehen. Er lauschte. Jetzt hörte er auch nichts mehr.

Ronny wartete noch ein paar Minuten, dann löschte er die Fackel, das gedimmte Licht der Lounge reichte. Dann kümmerte er sich um seinen „Freund".

Er schleppte ins Hostel hinein. So wohin mit Alex? Darüber hatte er sich keine Gedanken gemacht. Ob er ihn in den Keller legen sollte? Er öffnete die Tür, machte Licht, zog Alex hinter sich die Stufen hinunter. Ronny sah sich um. Es war alt hier, aber nicht kalt. Sein Blick fiel auf den Gefrierschrank ca. 1,80 m hoch, knapp einen halben Meter breit. Er öffnete die Tür. Der Gefrierschrank war leer. Alex benutzte immer das Gefrierteil unter dem Kühlschrank. Ja, dann war das hier frei. Er nahm die Fächer heraus, und stellte fest, dass Alex ziemlich schwer war. Es war eine Plackerei, schließlich fand er ein Seil, befestigte es an einem Deckenbalken und stellte Ronny auf. Er verschob den Schrank und schließlich schaffte Ronny es irgendwie, Alex in den Gefrierschrank hinein zu hieven und die Tür zu schließen. Hier war er erst mal gut aufgehoben. Den Schrank wieder an seinen Platz zu schieben, kostete ihm die letzte Energie. Er räumte die Fächer einen Raum weiter, sodass hier alles ordentlich aussah.

Ronny atmete tief durch, stieg die unebene Steintreppe nach oben und setzte sich wieder hinaus in die Lounge. Er mixte sich noch einen Drink. Das hatte er nicht geplant. Aber Alex war selbst schuld, was musste er auch in seinen Sachen wühlen. So einfach war das.

Sie waren alles selbst schuld, vor allem Tanja. Ihr verdankte er das Gefühl, wenn sich Schwäche in Stärke wandelte. Und auch jetzt fühlte er sich wieder wie ein Adler, der seine Beute geschlagen hatte.

Er nahm einen Schluck vom Cocktail, dieses Mal Rum mit Cola und genoss das Brennen in der Kehle. Diese Nacht verbrachte er hier draußen in der Lounge.

11. November, Hostel Port Antonio, Ronny

Im Morgengrauen erwachte er. Im ersten Moment wusste er nicht, wo er war. Dann fiel ihm alles wieder ein. Er erschrak, als das Festnetztelefon läutete.

Aber er nahm das Gespräch an.

„Ja, natürlich könnt ihr kommen. Ich habe einen Bungalow für euch frei."

Seine ersten Gäste. Wo war frische Bettwäsche? Er sah die Schränke durch, richtete einen Bungalow für zwei. Es sollten zwei Mädchen kommen. Das war doch ein guter Anfang.

An der Rezeption erwartete ihn schon Jaydan.

„Guten Morgen. Gud mawnin. Wo ist Alex? Ich kann ihn nicht finden."

„Ah, Alex, ich soll dir schöne Grüße ausrichten. Er ist heut ganz früh los und nach Deutschland geflogen. Freunde und Verwandte besuchen.“

Er starrte Jaydan an. Jetzt würde es sich herausstellen, wie gut sich die beiden kannten.

„Ah, und du bist sein Vertreter?“, fragte Jaydan.

„Ja, richtig.“

„Gut Ronny, dann gebe ich dir das Obst. So wie immer.“ Jaydan legte Ananas, Papayas und Tamarinden auf den Tisch.

„Ja. Danke. Das reicht.“

„Es wundert mich, dass Alex mir gar nichts von seinen Reiseplänen erzählt hat.“, sagte Jaydan.

Ronny sah Jaydan intensiv in die Augen. „Es war eine sehr spontane Entscheidung.“

„So, gut. Bis dann. Walk good.“

Jaydan verschwand im Mangrovenwäldchen. Walk Good. Jamaikanisch. Das hatte er mit Alex so gut wie nie gesprochen. Warum mit ihm?

Ronny schüttelte sich, brachte Obst in den Bungalow seiner Gäste. Frisches Obst, Mädchen mögen so was.

Und er wollte Alex doch gut vertreten. Alex sollte Stolz auf ihn sein.

Die Backpackerinnen - Ines und Lea

Ronny mähte die Wiese im Garten, als das Taxi aus dem Wald direkt vors Haus fuhr.

Er hielt den Rasenmäher an, streifte die Gartenhandschuhe ab und näherte sich den beiden.

„Ihr seid sicher Ines und Lea? Willkommen in „Judys Farmhouse-Lodge".

„Hallo."

„Ich freue mich, dass ihr da seid. Ich heiße Ronny. Ist es ok, dass wir uns duzen?" Die beiden nickten.

„Hier ist es genauso schön, wie du es erzählt hast, Ines.", sagte Lea. „Und wo ist jetzt dieser Alex?"

„Ja, richtig, Alex?", fragte Ines. „Ich kenne ihn von einer früheren Tour."

„Alex ist gerade in Deutschland, Freunde und Verwandte besuchen. Ich vertrete ihn, aber kommt doch erst mal in die Lounge."

Die beiden Mädchen folgten ihm und ließen sich in auf den Liegestühlen nieder.

„Was wollt ihr trinken?"

„Oh, ich habe so Durst, ein Wasser wäre schön."

Er servierte ihnen zwei Wasser.

„Haben wir das rosa Zimmer?", fragte Ines.

Ronny schluckte.

„Nein, ich habe euch in das frisch renovierte Zimmer gepackt, mit Blick aufs Meer."

Die Mädchen sahen sich an.

Ines warf ihre lange hellbraune Mähne über die Schulter. „Und wann ist Alex zurück?", fragte sie.

„Tut mir leid er ist eben erst gefahren. Das wird ein wenig länger dauern."

„Oh."

„Hier die Schlüssel. Braucht ihr Hilfe mit eurem Gepäck?"

„Das geht." Lea lächelte ihn an. Diese Lea gefiel ihm. Sie hatte eine klasse Figur und diese rehbraunen Augen. Er war hingerissen, sie erinnerten ihn an Tanja. Aber an die wollte er nicht mehr denken. Ihm wurde ganz heiß, als er den beiden Mädchen hinterherschaute.

Dann spürte er, dass ihn jemand ansah, er schaute auf und sah Jaydan. Er stand auf seinem Grundstück und sah zu ihm herüber. Jaydan. Warum tauchte er immer gerade dann auf, wenn er ihn am wenigsten brauchen konnte. Ronny kehrte zu seiner Arbeit zurück.

Den Tag verbrachten Ines und Lea am Strand. Erst spät kamen die sie zurück.

„Ich grille heute für uns. Wann passt es euch?“

„Oh, du grillst. Wie schön. Wir kommen gerne.“

Das war Lea. Diese Ines sah ihn nur ein wenig scheu an. Aber ihn interessierte ohnehin nur Lea.

Der Grill qualmte, die Drinks warteten vorbereitet im Kühlschrank. Er hatte sogar Orangenscheiben in den Cocktail gelegt. Die Drinks sahen wirklich gut aus.

Sie saßen in der Lounge und bewunderten den Sonnenuntergang.

„Und was habt ihr zwei noch so vor?“, fragte Ronny. „Ja, ich kenne die Gegend schon, für Lea ist das alles neu. Mal sehen.“

Lea sah ihm in die Augen und er hatte das Gefühl, sie wollte mehr. Sie rückte näher, Ines sah sie wütend an. War Ines eifersüchtig?

Ronny fand diese Vorstellung witzig. Ines war nicht halb so attraktiv wie Lea, fand er. Ronny mixte den beiden noch Cocktails.

„Für mich nicht. Danke.", sagte Ines. Lea nahm einen großen Schluck. „Ronny das ist richtig lecker."

„Ines, machst du ein Foto von mir und Ronny?"

„Ja, klar." Ines holte den Fotoapparat hervor und machte Fotos. Eine ganze Serie. Ronny fiel die Kinnlade herunter. Er auf einem Foto. Das war zu viel.

„Sag mal Ronny, woher kommst du? Und woher kennt ihr beide, Alex und du euch?"

„Och, das ist eine lange Geschichte. Ich erzähle sie morgen."

„Komm Lea, lass uns schlafen gehen."

„Gut, wenn du meinst." Lea schwankte ein wenig. Aber Ines klemmte sie sich praktisch unter den Arm und die beiden verschwanden in der Nacht. Dann gingen die Lichter in Bungalow 5 an.

Ronny brachte die Gläser ins Haus und ließ sich in der Hängematte nieder, bis es dunkel wurde in Bungalow 5. Er ließ sich Zeit.

Ronny wartete noch eine halbe Stunde, bis er sich erhob und überprüfte, ob er sein Messer dabei hatte. Wer konnte schon vorhersehen, was passieren würde. Und langsam ging er auf den Bungalow 5 zu.

Vorsichtig öffnete er die Terrassentür. Die beiden hatten sie nicht abgesperrt, und er trat in den Raum. Lea lag ihm am nächsten. Er beobachtete, wie sie atmete, sich ihr Brustkorb hob und senkte. Neben Ines Bett lag die Kamera auf dem Tisch. Er konnte sich aber von Leas Anblick nicht losreißen. Erst als ihre Lider zuckten, ging er zwei Schritte weiter in den Raum und griff nach der Kamera. Dann er verließ den Bungalow. Er sah sich die Bilder vom Abend in der Lounge an. Wie viele hatte Ines denn gemacht? Das waren zehn Fotos. Er löschte die Bilder, eines nach dem anderen. Dann wollte er die Kamera zurücklegen, er drückte Tür auf, da hörte er die Toilettenspülung. Da überlegte er sich anders und behielt die Kamera erst einmal bei sich.

Er wartete, dass die beiden wieder schliefen, aber dann ging das Licht an. Was machten die beiden um diese Zeit. Er hörte sie leise reden.

Wütend schlich er weg, zurück in die Lounge. Er deponierte die Kamera, da wo sie den Abend über gesessen hatten. Die beiden Mädels sollten glauben, sie hätten sie einfach hier vergessen.

12. November, „Judy´s Farmhouse-Lodge", Port Antonio

Am nächsten Morgen schlenderten Lea und Ines zum Haupthaus. Wie gestern Abend setzten sie sich in die Lounge zum Frühstück.

„Oh, hier liegt sie. Ich habe die Kamera schon gesucht. Die muss ich gestern hier liegengelassen haben.", sagte Ines. „Hier kommt nichts weg.", sagte Ronny und grinste.

Er brachte ihnen Ananas, Papayas und ihren Kaffee zum Frühstück. Die beiden genossen den Latte macchiato und probierten ein wenig vom Obst.

„Und, schon was vor heute?", fragte er.

„Wir wollen zur Blauen Lagune.", sagte Lea. „Wie alle Touristen, die in der Gegend sind."

„Stimmt, da ist es schön.", sagte Ronny und dachte an seinen Ausflug dahin. Alex hatte ihm den Tipp gegeben. Alex. Er sollte in den Keller gehen und nachsehen, ob alles in Ordnung war.

„..und vielleicht shoppen wir noch in Port Antonio. Wer weiß.", sagte Lea noch, aber Ronny hörte nur noch mit halbem Ohr zu. Denn Ronny bemerkte Jaydan, der auf der Veranda seines Hauses stand und direkt zum ihm herübersah.

„„Wir kommen abends zurück.", sagte Ines.

„Viel Spaß euch beiden.", sagte Ronny und trug das Geschirr ins Haus.

Lea und Ines ließen sich Zeit. Die Sache mit der Kamera hatte die beiden Mädchen nicht irritiert. Ronny war auf der sicheren Seite. Oder nicht? Ronny pirschte sich an das offene Fenster heran und belauschte die beiden.

„Also was ich nicht verstehe, warum schreibt Alex nicht, dass er nach Deutschland fliegt? Das hätten wir doch zusammen machen können.", sagte Ines.

„Ja.", sagte Lea. „Aber vielleicht war es etwas Dringendes."

„Kann sein, aber das hätte er mir geschrieben."

Ein Taxi hupte in der Einfahrt, die beiden standen auf, die Stühle rutschten über die Holzplanken.

Ronny ging an den Computer und sah in Alex Mail-Account nach. Keine Mails von Ines. Wie hatten die beiden geschrieben? Übers Handy? Whats App?

Und dann fiel es ihm auf. Ines und Alex hatten über das Kontaktformular des Hostels geschrieben. Die beiden kannten sich schon länger. Deshalb war Ines so überrascht, dass Alex nicht da war, und deshalb war sie ihm gegenüber so reserviert. Ronny hoffte, dass sie keine Kontaktdaten zu Leuten in Deutschland hatte, die Alex kannten.

Diese Ines hatte es in der Hand, eine Suchaktion nach Alex auszulösen. Ines war ein Problem, das er lösen musste.

Und immer wieder tauchte dieser Jaydan auf. Er nervte Ronny.

Für heute hatten sich keine weiteren Gäste angesagt. Ronny holte ein Stück Fleisch aus der Küche, lief zu seinem Bussard und ließ ihn fliegen, beobachtete wie er hoch in den Lüften kreiste und nach einiger Zeit zu ihm zurückkehrte. Er landete auf dem Pfahl, den Ronny für ihn aufgebaut hatte und ließ sich füttern.

Frei wie ein Vogel, wie ein Raubvogel wollte er sein. Und die Art zu jagen gefiel ihm. Das hier war sein Paradies und niemand würde es ihm nehmen. Wenn er nur wüsste, ob die beiden Mädchen Bescheid gesagt hatten, wo sie waren. Denn wenn niemand wusste, wo sie waren, wären sie leichte Beute. Er ließ seinen Gedanken freien Lauf.

Ronny lief über die Wiese zu ihrem Bungalow und durchsuchte ihre Sachen nach Hinweisen auf ihre Familie, Fotos, Notizbücher.

Aber da war nichts. Nur, die zwei hatten sicher alles nur auf dem Handy. Keine Chance. Sein Entschluss stand fest. Die beiden würden heute Nacht verschwinden. Nicht im Eisschrank, sondern im tiefen Ozean.

Schritte näherten sich.

„Ronny? Ich bringe das Obst."

Das war Jaydan.

„Ja, stell es nur hin. Danke."

Die Mädels am Strand

Ines

Ines steckte sich eine Zigarette an, zog und inhalierte. „Weiß nicht, ich habe letzte Nacht schlecht geschlafen."

Lea sah von ihrer Lektüre auf.

„Ach was. Ich habe süß geträumt. Stell dir vor, ich habe geträumt, dass Ronny in unserem Zimmer war."

„Ah."

Ines hatte auch geträumt, aber was wollte sie Lea lieber nicht erzählen. Es ging auch um Ronny. Sie hatte ihn gesehen, und seine Hände waren blutig. Sie hatte ein schlechtes Gefühl, wenn sie an ihn dachte. Aber sie wollte Lea nicht beunruhigen, denn sie beide wussten, dass Ines Vorahnungen immer etwas mit der Wirklichkeit zu tun hatten. Und so sagte sie nur: „Irgendetwas mit der Aura vom Haus hat sich verändert. Alex fehlt und Ronny, ja ich weiß nicht."

Sie drückte die Zigarette im Sand aus und fragte: „Wollen wir ins Wasser gehen?"

„Ja." Sie schwammen eine Weile im türkisblauen Meer.

Lea

Sie ließen sich von der Sonne trocknen und Lea holte die Kamera aus dem Rucksack, der gut versteckt unter den Handtüchern lag. Sie sah die Fotos durch.

Die Fotos mit Ronny fehlten. Da fragte sie: „Sag mal, bist du sicher, dass wir die Kamera gestern Abend in der Lounge vergessen haben?" Ines zuckte mit den Schultern, weiß nicht, ich war gestern ziemlich müde. Ich kann es nicht sagen."

„Mmm."

Mehr sagte Ines nicht. Sie lag mit geschlossenen Augen auf ihrem Handtuch und sonnte sich.

Lea überlegte, hatte sie gestern Nacht womöglich nicht geträumt, dass Ronny in ihrem Zimmer war, war er wirklich dort gewesen und hatte sich die Kamera geholt?

Tief in Lea zog sich alles zusammen. Ines sollte das nicht wissen, beschloss sie für sich selbst. Sie wollte Ines nicht beunruhigen.

Aber noch eine Nacht da oben, weit weg von anderen Menschen, nur mit diesem Ronny? Nie im Leben. Lea blätterte im Reiseführer, im Westen, da waren sie beide noch nicht.

„Was hältst du von Ocho Rios."

Sie hielt das Buch hoch.

„Diese schöne Badebucht, da?" Ines blinzelte in die Sonne. „Warum nicht?"

„Dann lass uns da hinfahren. Wir holen unsere Sachen aus dem Hostel und fahren schon heute. Ronny schreiben wir später eine Nachricht, dass wir uns einer Gruppe angeschlossen haben. Wird er schon verstehen."

„Ja, gute Idee." Ines atmete tief durch. Lea hatte nicht ihre Wahrnehmung, aber gute Ideen.

Am späten Nachmittag packten sie ihre Sachen zusammen und beiden war beklommen zumute. Ines hielt es irgendwann nicht mehr aus.

„Lea, mir ist dieser Ronny nicht geheuer. Und dass Alex ihn gebeten hat ihn zu vertreten, ich glaube das einfach nicht."

Lea nahm ihre Hände. „Ich weiß schon, aber für Alex können wir nichts tun. Wir wissen einfach nichts. Aber für uns beide schon. Wir fahren jetzt mit dem Taxi dahin, du bleibst sitzen und ich hole die Sachen. Wenn ich nicht mehr wieder komme, dann weißt du ja was zu tun ist."

Lea stieg aus dem Taxi aus, warf einen Blick auf das Haupthaus. Alles war ruhig und es wirkte unbewohnt. Mit großen Schritten spazierte Lea zum Bungalow, sie wollte nicht gehetzt wirken. Kaum war Lea im Bungalow, warf sie alles

in die Reisetaschen, was im Raum
verteilt war, legte den Schlüssel
auf den Tisch und schleppte die
Taschen Richtung Taxi. Da kam der
Jamaikaner auf sie zu, der im Haus
am Hang wohnte.

„Ronny ist unterwegs."

„Ja, ok, sag ihm, wir reisen
schon heute mit einer Gruppe
weiter."

„Gut."

Sie hetzte zum Taxi, schob die
Taschen hinein und setzte sich zu
Ines auf den Rücksitz.

„Bitte fahren Sie uns in die
Stadt zurück." Das Herz schlug Lea
bis zum Hals und sie fror trotz 30
Grad Außentemperatur. Lea warf
einen Blick zurück und war froh,
als das Hostel aus dem Blickfeld
verschwand. Aber richtig ruhig
wurde sie erst, als sie Port
Antonio verließen und sich Ocho
Rios näherten.

„So und für heute leisten wir uns ein Luxusresort.“, sagte sie und Ines nickte. Ines hielt Leas Hand fest, bis sie im Hotel eincheckten.

Ronny, tagsüber

Ronny setzte sich in die Lounge, knabberte an einem Grashalm und wartete. Stunde um Stunde. Die Minuten schienen ihm wie eine Ewigkeit. Lea und Ines würden schon kommen. Irgendwann. Spätestens heute Abend. Er lehnte sich zurück, ließ den Blick über die Bucht schweifen. Alles war gut. Am besten er machte einen kleinen Spaziergang, wenn er zurückkam, waren die beiden Mäuse sicher wieder da.

Die Bewegung tat ihm gut, die Meeresluft, Freiheit. Wenn sie so empfand, tauchten sie alle vor seinem inneren Auge auf: Alex, seine Eltern, Tanja. Es zog ihn zurück ins Hostel, Ronny brauchte einen Drink. Er erreichte das Haus und stellte fest, dass die beiden Mädels immer noch unterwegs waren.

Missmutig mixte er sich einen Drink, Rum mit Fruchtsaft. Gierig schüttete er ihn in sich hinein, schloss die Augen. Und noch einen, Ronny wurde müde. Er schlief ein, die Sonne war schon untergegangen, die Mädels noch nicht im Hostel. Da war etwas. War das ein Auto? Ein Taxi? Hatte er sich das nur eingebildet? Ronny wartete. Niemand kam. Es wurde dunkel.

Langsam erhob er sich und sah sich um. Weit und breit keine Menschenseele. Ronny ging rüber zu Bungalow 5, versuchte die Tür, offen. Er machte Licht. Die

Reisetaschen waren weg. Die Schlüssel lagen auf dem Tisch.

Die beiden waren abgereist, einfach so, ohne Abschied.

Er gab einen Laut von sich, einen Laut, der tierisch war, eine Mischung aus Gurgeln, Knurren und Schreien.

Ronny war wütend. Er sah sich um, kein Jaydan in Sichtweite.

Ronny kehrte ins Hostel zurück, kontrollierte den Keller. Alles in Ordnung morgen war ein neuer Tag.

Jetzt wo er allein war, schien das Haus zu leben. Die Balken knarrten, Luft zog durch den Raum, es war ihm, als wisperten die Wände miteinander und erzählten Geschichten aus vergangenen Tagen.

13. November, Ronny, „Judy´s Farmhouse-Lodge", Port Antonio

Der neue Morgen kam, und mit ihm neue Gäste. Es vergingen die Tage, ruhige Tage, das Hostel lief praktisch von selbst. Die Backpacker kamen und gingen, kümmerten sich nicht um Ronny, sie wollten nur schlafen oder an den Strand. Es war, wie Alex gesagt hatte, als er ihn fragte, ob sich hierher nicht manchmal gefährliche Menschen verirrten.

„Gefährliche Menschen, nein. Es sind nur Touristen, Menschen wie du und ich die Ausspannen wollen.", hatte Alex damals gesagt. Menschen wie du und ich. Es waren wohl eher Menschen wie Alex, hatte sich Ronny damals gedacht.

Ronny hatte viel Zeit für sich und den Bussard.

Fabienne, kurz vor Weihnachten, 20. Dezember, München

„Also, wie war das mit deiner Oma, sie hat ihre ganzen Ersparnisse verloren?", fragte Noah.

„Stell dir vor, sie ist diesem Betrüger Pärchen auf den Leim gegangen, die die vor drei Jahren aus Deutschland verschwunden sind. Und sie war zu der Zeit auf Reha und hat nichts mitbekommen. Ich wusste nicht, dass Oma ihr Geld über die beiden Anlagebetrüger investiert hatte. Jetzt kommt Oma zur Bank und stellt fest, dass ihr gesamtes Vermögen weg ist."

„Phh, heftig."

„Und glaubst du, der Chef übernimmt den Fall?"

„Nicht bei unserer Personallage." Noah schüttelte den Kopf. „Wir sind alle komplett ausgelastet."

„Aber ich könnte doch..“

Noah lachte schallend los.

„Du könntest, klar.. und wie willst du das anstellen? Die zwei hatten mit Sicherheit professionelle Hilfe beim Untertauchen. Und es haben schon ganz andere nach ihnen gesucht, als sie gerade weg sind und die Spur noch nicht verwischt war.“

Fabienne kribbelte es im ganzen Körper. Jetzt fing der auch noch an. Niemand traute ihr in diesem Laden etwas zu, außer Kaffeekochen, den Schreibkram erledigen und die Website zu aktualisieren.

„Pff. Warum nicht ich?“

„Weil du hier die einzige ohne einschlägige Ausbildung bist. Darum.“

Noah wandte sich wieder seinem Computer zu. „Und weil es vielleicht gefährlich werden könnte.“

Das sagte er ganz leise.

Dann sah er ihr enttäuschtes Gesicht.

„Ok, ich zeig dir wie die Internetrecherche mit Bildvergleich funktioniert, vielleicht landest du ja einen Treffer. Komm rüber."

Sie zeigte ihm die Fotos auf dem Handy.

„Dann lass uns mal vergleichen."

Er ließ die Software suchen.

„Du willst den Kaffee mit Milch und Zimt oder?"

Noah nickte. Er lehnte sich zurück und dehnte sich. Fabienne war süß, er mochte sie und es war in jedem Fall besser, wenn sie hier im Büro arbeitete als draußen. Was da alles passierte, und schließlich erledigte er hier ja auch alles vom Schreibtisch aus. Einfach und effizient.

„Moment, Fabienne. Hier habe ich was. Das da, das ist sie doch." Er deutete auf eine Frau, im knappen Bikini in einer Hotelanlage. Fabienne setzte sich neben ihn. Ihr Herz schlug ihr bis zum Hals, wenn das die Betrügerin war.
Sie verglich die Bilder.

„Also, ja, das könnte sie sein. Haben wir auch ein Foto von ihm?", fragte sie Noah.

„Moment." Die Software lief durch.

„Nein, leider nicht. Aber lass uns mal sehen, von wann das Foto ist und vor allem von wo."

„Aber hier, das ist sie doch im Fitnessbereich im Hotel Westend Negril Jamaika."

„Und jetzt?"

„Also, wenn das so einfach wäre, dann hätte sie sich längst jemand geschnappt. Entweder ist das nur eine Doppelgängerin oder sie ist schon über alle Berge."

„Und was wenn nicht. Wenn sie immer noch da ist und einfach nur unvorsichtig?", fragte Fabienne.

„Ich könnte doch.."

„Das genehmigt dir der Chef nie."

„Weißt du was? Ich frage ihn einfach."

„Aber du kannst da nicht allein hin."

„Und warum?"

„Ach Fabienne. Dann versuch dein Glück."

Fabienne kam mit hochrotem Gesicht wieder aus dem Büro ihres Chefs raus.

„Und was hat er gesagt?"

„Frohe Weihnachten und einen schönen Urlaub. Und dass sie das mit Sicherheit nicht ist, sonst wäre schon jemand unterwegs."

„Siehste. Also mach dir schöne Feiertage, schreib deine Hausarbeit und komm im Januar zurück. Ich freu mich, wenn du wieder da bist."

„Klar, ich bring dir auch wieder deinen Lieblingskaffee mit Zimt." Sie wickelte den Schal um.

„Weißt du was, ich fliege über Weihnachten nach Jamaika. Ich hatte eh seit Jahren keinen richtigen Urlaub mehr."

Noah wurde kreidebleich. „Das tust du nicht."

„Ach was, ihr seid euch alle einig, das ist sie nicht, also kann da gar nichts passieren…"

„Aber Jamaika ist gefährlich."

„Tschüss und frohe Weihnachten." Und weg war sie.

Noah wandte sich wieder dem Computer zu, und er der selten irgendetwas fühlte, spürte so etwas was wie Unbehagen. Fabienne würde doch nicht, sie hatte keine Ahnung, welch finstere Gestalten sich da draußen rumtrieben.

Sie lebte doch nur in ihrer kleinen überschaubaren Welt. Und das war gut so und sollte auch so bleiben.

Trotzdem, er notierte sich das Hotel auf Jamaika und holte sich Fabiennes Kontaktdaten aus der Datenbank. Das durfte er zwar offiziell nicht, aber merken würde das niemand. Und wenn schon. Niemand wollte, dass Fabienne etwas zustieß. Bloß weil ihre Oma ein Problem hatte und Fabienne es lösen wollte. Mädchen eben.

Ohne darüber nachzudenken, legte er ein Dossier zu dem Betrüger Pärchen an. Er wollte sich einfach nur mal informieren. War ja nicht verboten.

Noah

Noah saß an seinem Rechner und starrte in die Luft. „Was ist los?", fragte Ellen, die Sekretärin. Er drehte sich zu ihr hin. „Fabienne hat sich in den Kopf gesetzt, diese Anlagebetrüger, die vor drei Jahren den großen Reibach gemacht hatten, aufzuspüren."

„Aha."

„Ja und sie will über Weihnachten nach Jamaika fliegen. Sie glaubt, dass sie sich dort aufhalten." Ellen lachte und sagte: „Nette Idee, typisch Fabienne. Sie glaubt, es ist so einfach. Die hat Nerven. Sie ist doch überhaupt nicht der Typ, der Informationen aus jemandem rausholt." Ellen setzte sich auf Fabiennes Platz und wippte mit den Zehen.

„Fabienne ist lieb und nett. Aber ihr Problem ist, sie glaubt, dass alle Menschen gut sind."

Noah sagte: „Aber wir beide wissen, dass das nicht so ist."

„Tja, so ist es. Also mach nicht mehr zu lange und schöne Feiertage."

Fabienne

Draußen tanzten Schneeflocken um ihr Gesicht. Sie freute sich auf Weihnachten, aber sie hatte so gehofft, dass ihr Chef den Fall übernehmen würde, aber klar, keine Kapazitäten frei, es war nicht wirklich eine Spur. Es konnte sich um eine Doppelgängerin handeln.

Die echte Chantal würde niemals so leichtsinnig sein und auf einer Hotelwebsite erscheinen.

Niemals.

Sie fuhr nach Hause und setzte sich an ihren Laptop, suchte das Hotel und fand die Buchungsseite über einen großen Reiseveranstalter. Weihnachten bei Omi und dann, wenn der Rest der Verwandtschaft eintrudelte, ab ins sonnige Jamaika.

Mit zwei Klicks war alles gebucht. Sie hatte ein Schnäppchen gemacht. Jetzt legte sie sich zurück. Und wenn es wirklich *diese* Chantal war, dann würde sie niemand mehr mit dem Sticker: „Sie hat keine Ahnung" versehen.

Und darauf freute sie sich am meisten. Denn tief in ihr spürte sie es. Die auf dem Foto war Chantal, die sich mit ihrem Freund und dem ganzen Geld der ahnungslosen Anleger ins Ausland abgesetzt hatte.

Abflug nach Jamaika, 26. Dezember

Omi hatte sie zum Flughafen gefahren und ihr noch ins Gewissen geredet. „Schaffst du das auch Fabienne? Das könnte gefährlich werden."

„Klar Omi, das wird schon." Fabienne war voller Zuversicht.

Als sie im Flugzeug sass wurde ihr kurzzeitig übel. Was hatte sie sich nur dabei gedacht? War es am Ende nicht doch sehr leichtsinnig?

Aber was sollte es, versuchen konnte sie es ja mal. Auf Jamaika, wie der Rest der Leute hier im Flieger. Die Zeitverschiebung waren sechs Stunden. Also alles super.

27. Dezember

Der Flug war angenehm, sie schlief die halbe Zeit und erwachte erst kurz vor dem Landeanflug in Montego Bay. Der Transfer zum Hotel war geregelt. Alles gut. Nur ein wenig heiß hier. Das Thermometer zeigte 31 Grad C. Ein leichter Wind machte es erträglich.

Sie fuhren noch eine Stunde mit dem Bus nach Negril ins Hotel über holprige Straßen, an niedrigen Häusern vorbei.

Dieses Schaukeln lullte sie ein, und wieder schläft sie ein. Der Busfahrer weckte sie: „Wir sind da." Fabienne riss die Augen auf, ihre Handtasche fiel zu Boden und von Lippenstift bis Feuchttüchern lag alles am Boden. Hektisch sammelte sie alles auf. Das fing ja schon gut an. Sie hörte Noah schon sagen. „Ist wohl doch nicht alles so einfach." Aber sie riss sich zusammen. Unter den ganzen jungen Pärchen fühlte sie sich als Alleinreisende plötzlich fehl am Platz.

Nur Mut, du hast eine Mission, sagte sie sich. Es geht um Omis Geld.

Endlich auf ihrem Zimmer fiel die Anspannung von ihr ab. Sie war da. Und es war wirklich paradiesisch hier. Die hohen Bäume, das Meer. Allein der Blick in den wunderbaren

Garten war die Strapaze wert. Wie cool das alles hier war.

Sie erwachte ausgeschlafen und bereit diese Chantal zu finden. Sie spazierte zum Frühstück, warf einen Blick auf die anderen Hotelgäste. Schräg gegenüber saß eine Mädelsgruppe, zwei Pärchen. Mal sehen, mit wem sich reden ließ.

Sie streifte über die Anlage und erkannte eine junge Frau wieder, die ebenfalls auf dem Fitnessfoto zu sehen war. Sie hielt einen Yoga Kurs ab. Das lief doch alles besser als gedacht. Sie brauchte doch nur zu fragen und dann zack, schnappte die Falle zu.

An der Rezeption holte sie sich den Kurs Plan und verglich in Gedanken die Fotos mit den Outdooranlagen, den Poolbereich von Foto eins, Fitnessbereich und die Bar. Da war Chantal, wenn sie es war nur von hinten zu sehen, aber sie hatte dasselbe bunte T-Shirt an, wie im Fitnessbereich, auch der Haarschnitt passte.

Sie trieb sich den ganzen Tag über auf der Anlage herum. Aber Chantal tauchte nicht auf.

Vielleicht hatte sie abends mehr Glück. Es war Partystimmung angesagt. Sie mischte sich unter die Tanzenden auf die Tanzfläche. Aber von Chantal keine Spur.

28. Dezember, Resort Negril

Am nächsten Tag erwachte sie mit einem schweren Kopf. Die lange Anreise und der lange Abend, sie war nicht für solche Aktionen gemacht. Sie hatte Kopfschmerzen. Sie legte sich ein nasses Handtuch über den Kopf. Da war eine Nachricht von Omi. Die hatte sie ja ganz vergessen.

„Alles in Ordnung bin gut angekommen und mache mich an die Arbeit.“

Sie schleppte sich unter die Dusche, ein wenig erfrischt, schnappte sich Jeans und ein T-Shirt und ging geradewegs zur Rezeption. Fragen kostete ja nichts.

An der Rezeption

Die Rezeption war nicht besetzt. Sie blieb stehen. Da tauchte diese Fitnesstrainerin auf, die sie vom Foto kannte.

„Kann ich Ihnen helfen?“

„Vielleicht.“

Fabienne zeigte ihr das Foto aus dem Internet.

„Wissen Sie wo das ist?“

„Ja, bei mir im Yoga-Pavillon. Aber warum fragen Sie? Und woher stammt das Foto?“

„Das Foto ist aus dem Internet und ich suche diese Dame." „Warum? Sind Sie befreundet? Wir geben grundsätzlich keine Auskünfte über unsere Gäste."

„Oh, auch dann nicht, wenn es sich um eine gesuchte Betrügerin handeln könnte?"

„Ach, was, sind Sie von der Polizei oder was?"

Fabienne wurde blass. Das war ja völlig schiefgelaufen. Sie stellte sich Noahs Grinsen vor. Alles ganz einfach Fabienne, nicht.

„Nein, äh. Ich arbeite für ein Detektivbüro." Fabienne wurde ganz rot, sie war ja nicht offiziell hier.

„Also dann vergessen Sie es."

„Aber wo der Sportbereich ist, können Sie mir doch sagen?" „Ja, ich bin übrigens die Yoga-Trainerin. Wenn Du kommen möchtest, der nächste Kurs beginnt in einer halben Stunde. Bis dann."

Sie hatte zum Du gewechselt. Einfach so.

Fabienne klammerte sich an der Theke fest. Dieser abschätzige Blick. Gegenüber war die Wand verspiegelt. Gegen diese Yoga-Trainerin wirkte sie wie aus der Zeit gefallen, einfach ein wenig Mode letzte Jahre, aber kein Vintage, würde die Sekretärin aus dem Büro sagen. Aber die sagte das nie, sie dachte es nur.

Sie brauchte dringend etwas anderes zum Anziehen. Sie passte hier nicht her.

„Kann ich Ihnen helfen?"

Eine junge Jamaikanerin mit großen braunen Augen besetzte jetzt die Rezeption.

„Können Sie mir sagen, ob meine Freundin noch hier ist, ich habe zufällig erfahren, dass sie hier ist."

Fabienne zeigte ihr das Foto.

„Ah, Verena Bennert. Die Bennerts sind vorgestern abgereist. Tut mir leid."

„Trotzdem danke."

Fabienne schob ihr einen Schein über die Theke.

„Danke, das wäre doch nicht nötig gewesen."

Mit einer eleganten Bewegung verschwand der Schein in ihrer Jackentasche.

„Wissen Sie wohin sie gefahren sind?"

„Ich nicht, aber vielleicht Celine, die zwei verstehen sich sehr gut."

„Celine?"

„Unsere Yoga-Trainerin".

„Danke nochmals."

Ausgerechnet Celine. Aber immerhin. Sie hatte eine Spur.

Noch 20 Minuten bis zur Yogastunde. Irgendjemand von den Hotelgästen kannte diese Chantal alias Verena, nicht nur Celine. Sie musste einfach nur nett unterhalten. Sie schluckte. Das war nicht gerade ihre Stärke. Kunst bewerten, das lag ihr als Kunstgeschichte Studentin. Sie dachte an Omi, straffte die Schultern und sagte zur sich selbst: „Nur Mut Fabienne. Das wird schon."
Sie beeilte sich, auf ihr Zimmer zu kommen und sich dort für die Yoga-Stunde umzuziehen. Fabienne schlüpfte in die Jogginghose und ein graues T-Shirt. Wird schon passen, dachte sie. Als sie am Pavillon ankam, erblasste sie. Falscher Dresscode. Die Mädels hatten alle bunte Yogaklamotten an, natürlich körperbetont, sodass sie sich selbst in ihrem Schlabberlook völlig deplatziert fühlte. Am

liebsten hätte sie auf dem Absatz kehrtgemacht, aber da rief Celine:

„Unser Neuzugang, wie schön. Wie heißt du denn? Wir duzen uns hier alle."

„Äh, Fabienne."

„Machst du zum ersten Mal Yoga?" Fabienne nickte. Vor Aufregung konnte sie kaum noch schlucken.

„Ja, trag dich bitte in die Liste ein. Pro Stunde 20 Euro, das wird am Ende abgerechnet."

„Ah ja." Sie hatte gedacht, das wäre inklusive, aber den Gedanken schluckte sie schnell runter.

„Und jetzt suche dir einen Platz, vielleicht ganz vorne hier bei mir. Und dann starten wir auch schon."

„Wir schließen die Augen und atmen langsam ein und aus..." Fabienne beruhigte sich. Die ersten Übungen liefen auch noch gut, bis Celine beim herabschauenden Hund auf sie zukam.

„Ja, guck mal, ich korrigiere jetzt mal."

Sie drückte sie vorsichtig in die richtige Haltung.

„Nur soweit wie es für dich angenehm ist."

„Geht schon."

Fabienne spürte, wie sie rot wurde. Bei den anderen klappte es alles wunderbar. Sie passte nicht hierher, wie sollte sie den Mädels nur Informationen entlocken. „Und jetzt entspannen wir uns alle, wir legen uns auf den Rücken und gehen auf eine Reise..."

„Wir sind doch schon verreist.", sagte Alina und kicherte herum. Fabienne ließ sich anstecken und sie ernteten einen scharfen Blick von Celine.

Sie waren sofort still. „Vielen Dank fürs Mitmachen. Bis morgen.", sagte Celine.

„Ich heiße Fabienne und du?"

„Alina. Seit wann bist du hier?“
„Gestern angekommen. Mit meinen Mädels, wir haben gerade alle unsere Ausbildung abgeschlossen und uns den Karibikurlaub verdient.“
„Oh, ja, klar.“ „Und du? Bist du allein hier?“
„Ja. Ich hatte einfach schon lange keinen richtigen Urlaub mehr.“
„Ok, ich muss los, die anderen warten schon.“
Fabienne räumte ihre Yogamatte auf und Celine fragte: „Und bist du immer noch auf der Suche nach Verena oder machst du jetzt einfach Urlaub hier?“
„Also, am liebsten würde ich hier nur Urlaub machen, es ist so schön hier...“, sagte Fabienne und dachte nicht noch mal denselben Fehler machen.
„Wo bekomme ich denn so schicke Yogakleidung?“

„Oh, im Hotelshop sicher. Warte ich gebe dir einen Gutschein mit." Fabienne strahlte. „Dankeschön. Da werde ich gleich mal hingehen."

Celine

Celine räumte den Pavillon auf. Hier musste immer alles tipp-top sein. Schließlich war das hier nicht irgendein Hotel, sondern ein Luxusresort. Und sie wartete immer noch auf die Kundin, die sie an irgendein TOP-Resort in Europa vermittelte. Diese Verena war so eine, eine mit Geld und Kontakten. Verena und ihr Mann arbeiteten in der Immobilienbranche, sagten sie jedenfalls. Und sie kamen seit fünf Jahren regelmäßig zweimal pro Jahr, wo sie Verena jede Menge Privatstunden mit Verena abrechnete. Und genau genommen sah sie Verena als ihr Ticket zurück in die Heimat. Denn Verena hatte Geld.

Und das brauchte sie, um irgendwann, wenn es mit dem TOP-Resort nichts wurde, ein eigenes Studio aufzumachen.

Celine spazierte zurück in ihr Appartement. Mit Anfang zwanzig war die Karibik ein Traum, aber jetzt mit Ende zwanzig fühlte sich der Traum langsam wie eine Sackgasse an. Ihrem Traummann war sie immer noch nicht begegnet. Die meisten Urlauber waren Pärchen oder frisch verheiratet. Die Trainer waren nicht an ihr interessiert und Aufstiegschancen gab es nicht.

Diese Verena, was wenn sie diese Betrügerin war? Wenn diese Fabienne doch nicht so blöd war, dann war das doch die Idee um schnell an viel Geld zu kommen. Sie spürte ein leises Kribbeln in der Magengrube, das ihr sagte, das ist deine Chance. Was wenn Verena anders hieß? Sie suchte nach Verenas Foto und hatte einen Treffer.

Sie fand eine Meldung mit dem Titel: „Anlagebetrug in großem Stil" Chantal und Rüdiger Wendler haben Millionen durch Anlagebetrug verdient. Sie ließen kein Geschäft aus, bis sich Anleger beschwerten, weil sie die versprochenen Renditen nicht erhielten. Die Betrüger reisten um die Welt und lebten ein Luxusleben."

Celine atmete aus. Das hätte sie nie vermutet.

Schon gar nicht, weil Verena kein Problem damit hatte auf dem Foto für die Website des Hotels zu posieren. Das Geld war ihr sicher. Sie würde verhindern, dass Fabienne, Verena und Frank aufspürte. Und sie würde die beiden kontaktieren, warnen. Sie konnte sich vorstellen, dass Verena ihre

Informationen großzügig vergüten wurde.

Und sie hatte auch schon eine Idee, wie sie das Anstellen würde.

Sie rief Verena an: „Hallo Verena. Hier Celine, du weißt schon. Wie geht es dir? Gut?"

„Ja, weißt du, warum ich anrufe. Ich habe hier eine Kundin, die sucht nach dir und Frank. Sie will auf der Insel herumfahren und euch aufspüren."

„Wer ist es?" „Sie ist sehr jung und arbeitet für ein Detektivbüro." „Oh, nein. Wie kommt sie dazu?" „Sie hat was von Anlagebetrug gesagt. Aber das glaube ich nicht." Eine Sekunde sagte keine was. „Nein, das ist ein Missverständnis. Aber begegnen möchte ich ihr auch nicht. Wie kommt sie darauf?" „Es gibt ein Bild von dir auf der Website."

„Äh, kannst du das ändern?" „Sicher. Und weißt du was, wenn du mir sagst wo ihr seid, dann schicke ich die junge Dame woanders hin." „Das ist gut. Was machen wir wegen Sylvester, da wollten wir doch kommen?" „Ich schicke sie weg." „Gut, dann können wir reden und uns erkenntlich zeigen."

„Aber nein, das ist doch selbstverständlich."

„Ach, was. Wir sind gerade in Ocho Rios unterwegs."

„Danke ich schicke sie zu Ricks Cafe."

Sie lief durch die Anlage bis zum Strand, da saßen Alina, Jette, Maja und Elena. „Hallo ihr Lieben. Hattet ihr Spaß vorhin?"
„Ja."

Alle nickten begeistert.

„Du machst das wunderbar.", sagte Jette.

„Danke." Celine wurde leicht rot unter ihrer Sonnenbräune. „Ich habe hier vier Gutscheine für Doppelstunden Yoga. Die sind für euch, wenn ihr mir einen Gefallen tut."

„Ja?"

„Diese Fabienne, die sieht ein wenig verloren aus. Ihr könntet die doch mal auf ein paar Ausflüge mitnehmen. Ich gebe euch gerne Tipps dafür, zum Beispiel Ricks Café, das müsst ihr sehen."

„Aha, ja gut. Können wir schon machen."

„Ihr seid lieb. Danke." Sie drückte einer jeden einen Gutschein in die Hand.

Sie war sich sicher, das war eine Investition, die sich lohnte. Wenn diese Fabienne beschäftigt war, hätte sie gar keine Zeit, um Verena zu suchen, solange Verena in Kingston war, um dort an einem Tanzworkshop teilzunehmen. Das hatte Verena ihr zumindest erzählt.

Und Kingston war nicht auf der Liste, der typischen Urlaubsziele auf Jamaika. Zu wenig Traumstrand, zu viel Kriminalität. Sie überlegte, wo sie die Mädels noch hinschicken konnte.

Im Hotel-Shop traf sie auf Fabienne, die ein beerenfarbenes Yogaoutfit probierte. „Sieht doch süß aus.", sagte sie. „Tut mir leid, wegen vorhin an der Rezeption. Aber vielleicht machst du ja ein paar Ausflüge, und wenn die Verena noch auf Jamaika ist, dann triffst du sie sicher an einem dieser Hotspots an. Zu Ricks Cafe wollte sie jedenfalls mal."

„Ja, gute Idee." Celine ist eigentlich ganz nett, dachte Fabienne. Warum habe ich sie vorhin so unsympathisch gefunden? Na ja, jeder hat mal einen schlechten Tag. Sie warf noch einen Blick in den Spiegel. Das Yogaoutfit sah gut aus, auch wenn es trotz Gutschein immer noch teuer war. Aber sie griff zu. Zurück auf ihrem Zimmer schrieb sie Omi eine Nachricht: „Das Hotel ist top und ich habe schon nette Mädels kennengelernt."

Das stimmt zwar nur zum Teil, aber Omi sollte sich nicht sorgen. Die Antwort kam sofort.

„Das freut mich. Und hast du diese Chantall gefunden?"

Hm, Omis Frage löste ein Ziehen in der Magengegend und schlechtes Gewissen aus. Sie tippte:

„Nein, noch nicht, bin aber dabei."

Das stimmte irgendwie, denn sie suchte ja schon nach dieser Verena.

Was hatte Celine gesagt? Ricks Café? Das musste doch zu finden sein.

Vielleicht sollte sie mal mit Alina reden. Sie schnappte sich ihren Badeanzug und machte sich auf den Weg zum Strand.

Maja

Alina, Jette, Maja und Elena lagen unter Sonnenschirmen auf den Liegen und schlürften bunte Cocktails. Alina sah auf. „Da kommt unser Liebling ja schon. Sie hat eine rosarote Brille auf." Alle reckten die Hälse. „Ach was."

Elena sagte: „Sie kommt im Badeanzug." Sie stellte den Cocktail zur Seite. „Sie ist doch nicht im Hallenbad. Also die gute braucht wirklich ein wenig Unterstützung."

„Sie ist eben ein ordentliches Mädchen.", sagte Jette und kicherte los.

„Jedenfalls praktisch.", sagte Alina. „Aber schön ist was anderes."

„Aber sie macht uns keine Konkurrenz.", sagte Maja.

„Da hast du wieder Recht.", sagte Elena und da waren ihre Rollen wieder verteilt, dachte Maja: Elena und Jette, die beiden waren wild und schön, Alina war die sozial im Team und Maja selbst war weder wild noch schön, aber sie war das Organisationstalent der Gruppe.

„Wie sieht es aus, wollen wir morgen zu Ricks Café?", fragte sie in die Runde, als Fabienne dazukam.

„Ja, warum nicht?", sagte Jette, sie sich die Sonnencreme schnappte und zu Alina sagte: „Kannst du mich bitte mal eincremen."

„Was gibt`s da zu sehen?", fragte Elena.

Maja scrollte am Handy. „Also, morgen gibt es eine Pool Party, es gibt auch einen Bus, mit dem wir hinkommen, die Haltestelle ist nur 200 Meter von unserem Resort entfernt, Fahrzeit ca. 3o Minuten."

„Muss ich da hin?", fragte Alina. Maja zeigte ihr die Fotos. „Oh, schon hübsch."

„Ja, und da steht auch: Darf man nicht verpassen, wenn man auf Jamaika ist."

„Und da steht noch was von Klippenspringen, das wollten wir doch alle schon mal."

„Oh ja."

„Wie sieht es aus Fabienne, bist du dabei?"

„Äh, ja, wenn ihr mich mitnehmt?"

„Klar immer. Aber du springst dann auch, gell?", sagte Elena.

Fabienne wurde rot.

„Ja, bei deinem Badeanzug kann ja nix verrutschen.", sagte Alina.

Maja dachte nur: Typisch Alina gemein wie immer. Aber wenigstens trifft es nicht mich.

„Äh, wann wollt ihr Morgen los?" „Nach dem Yoga.", sagte Jette.

„Das tut so gut."

Fabienne

Das mit den Mädels lief ja richtig gut. Sie hatte zwar keine Ahnung warum, aber sie nahm das jetzt einfach mal mit. Und vielleicht fand sie ja Verena wirklich dort. Obwohl als sie sich die Seite von Ricks Café ansah, dachte sie, das ist nicht meine Welt. Und das mit dem

Klippenspringen, das würde sie sich noch gut überlegen.

Irgendwann am Nachmittag hatte Fabienne genug von der Sonne, sie war ganz rot und ihr war nur noch heiß.

„Ach komm, der Wind kühlt doch.", sagte Elena.

„Lass sie, bevor ihr schlecht wird.", sagte Maja. „Dann bis später, wir sehen uns am Büffet, oder spätestens bei der Party heute Abend hier."

„Ok."

Fabienne war fix und fertig und verschwand in ihrem Appartement. Die Mädels und sie, sie lebten in unterschiedlichen Welten. Die waren irgendwie anders. Sie packten das Leben an, während sie immer darauf wartete, dass etwas passierte, aber das würde sie jetzt ändern.

Sie duschte, legte sich aufs Bett und schlief ein. Als sie wieder erwachte, war es halb zwölf, ihr Magen knurrte und sie überlegte, ob sie überhaupt noch mal rausgehen würde. Sie öffnete die Terrassentür und hörte die Musik vom Pavillon. Los Fabienne. Steh auf. Du verschläfst noch mal dein Leben. Sie schlüpfte in Jeans und T-Shirt und lief den Weg hinunter zum Pavillon. Der Mond stand hoch am Himmel, das Meer rauschte. Jetzt war es richtig angenehm. Sie hielt Ausschau nach den Mädels und stellte fest, dass sie wieder Mal kleidungsmäßig nicht dazu passte. Die hatten alle irgendwelche sexy Spaghettiträger Kleidchen an, waren geschminkt und sie kam hier völlig naturell an. Dieser Urlaub war eine Herausforderung.

„Hier die Cocktails sind alle im all-Inklusiv enthalten.", sagte

Maja und hielt ihr die Karte unter die Nase.

„Du weißt nicht was?", fragte Elena. „Dann bestelle ich für dich." „Einen Long Island Ice Tea bitte."

Sie stellte ihn vor Fabienne hin.

„Und jetzt auf einen schönen Abend. Wir dachten schon du kommst gar nicht mehr."

„Oh ich bin eingenickt."

„So, so.", sagte Alina und grinste.

Dann prost. Fabienne hat Durst und trank ihren Cocktail viel zu schnell. Er schmeckte ihr gut, aber irgendwie war der richtig stark. Elena bestellte ihr einen zweiten.

„Mensch, Elena, hättest du ihr nicht ein Wasser bestellen können. Siehst ja, dass sie das Zeug nicht verträgt.", sagte Alina zu ihr. Maja nickte ihr zu.

„Hier Fabienne, trink mal ein bisschen Wasser."

„Ich glaube mir wird schlecht. Es dreht sich alles"

„Na prima. Weißt du was, ich bring dich auf dein Zimmer.", sagte Maja.

Maja hielt sie fest, sperrte auf, und sah zu, wie sich Fabienne auf ihr Bett legte. „Kommst du klar?" „Ja."

„Das war bestimmt ihr erster Rausch.", sagte sie zu den anderen, als sie an der Bar zurück war. „Ja, und hoffentlich hat sie morgen solche Kopfschmerzen, dass sie im Hotel bleibt und wir sie los sind.", sagte Jette.

„Das kannst du nicht machen.", antwortete Alina.

Fabienne

Sie lag auf dem Bett und alles drehte sich. Es war alles so schwer und irgendwann schlief sie ein.

29. Dezember, Resort Negril

Als sie erwachte, stellte sie fest, dass sie in Jeans und T-Shirt im Bett lag. Ihr Kopf schmerzte, als hätte jemand 1000 Nadeln hineingestochen. Dann fiel ihr alles wieder ein. Diese Cocktails an der Bar, dabei hatte sie zuerst noch gedacht, es sei wirklich Eistee. Wie konnte sie nur. Aber es schmeckte irgendwie gut. Wie konnte sie nur? Sie sah auf die Uhr. Yoga war in einer halben Stunde und was war da noch dieser Ausflug zur Ricks Café. Jetzt hämmerte ihr Kopf. Nie wieder Alkohol und schlecht war ihr.

Sie suchte in ihrer Handtasche Kopfschmerztabletten und schluckte eine. Hoffentlich behielt sie sie. Dann duschte sie und schlüpfte in ihr neues Yoga-Outfit. Sie war zwar nicht die schlankste, aber sie hatte richtig gute Kurven, das war ihr noch nie so wirklich bewusst geworden.

Sie schleppte sich zum Pavillon. Aufs Frühstück konnte sie gerne verzichten.

„Unsere Fabienne. Gerade rechtzeitig.", sagte Celine, die sich die Story vom Abend schon hatte erzählen lassen.

„Sagt mal, wollt ihr wirlich mit dem Linienbus zu Ricks Cafe? Nehmt euch doch einen Wagen mit Fahrer."

„Ach Quatsch, das geht schon."

„Wie ihr meint, ich wollte es nur gesagt haben.", sagte Celine.

„So und jetzt schließen wir alle die Augen und atmen tief ein und wieder aus...“

„Und macht schöne Fotos Mädels. Ricks Cafe ist es wert.“

Nach der Yogastunde sagte Alina zu Fabienne: „Sieht richtig gut aus, was du da an hast, und in einer Stunde in der Lobby, dann geht es los.“

Fabienne freute sich über das Kompliment, denn Jette und Elena, die hatten sie eher genervt angesehen oder war das etwa Neid? Egal. Mit diesem Kopf war eh alles zu spät.

Fabienne

Fabienne stand pünktlich in der Lobby. Die anderen Mädels kamen fünf Minuten später. Aber in ihrem Zustand, ihr war immer noch übel, war ihr das egal.

„Alles klar Fabienne?", fragte Elena mit einer riesigen Sonnenbrille. „Hast du die Badesachen dabei? Du weißt schon, Klippenspringen ist angesagt."

Das hatte sie total verdrängt. „Oh nein, ich trau mich nicht."

„Tss, sie traut sich nicht, ja hat man sowas schon gehört.", sagte Jette. Und alle lachten.

Sie liefen zur Bushaltestelle und schafften es gerade so, noch einzusteigen.

„Das ist ja Linksverkehr.", sagte Jette. „Ja, noch nicht bemerkt oder was?"

„Ich hab bei der Fahrt ins Hotel geschlafen."

„Ja, stimmt."

Der Bus fuhr durch ein Schlagloch und alle wurden ordentlich durchgeschüttelt.

„Die Straßen sind echt marode."

„Ja und sowas wie Stoßdämpfer gibt es hier auch nicht, oder wie?", sagte Alina. Die Sitze war Plastik pur und sie wurden ordentlich durchgeschüttelt.

„Ist eben alles anders hier."

„Also, die fahren echt wild.", sagte Elena.

„Wird schon gut gehen. Fabienne, wie sieht es aus? Du bist so blaß?"

„Mir ist so schlecht."

Fabienne hatte den letzten Abend immer noch nicht verkraftet und außerdem hatte sie jetzt richtig Angst. Klippenspringen. Die sagten doch Café oder etwa nicht? Sie hatte schon Angst davor vom Einser zu springen. Echt das ging gar nicht.

Aber als sie ankamen. Sagte Jette: „So da hinten scheint es zum Springen zu gehen. Und das kommt als erstes und dann machen wir es uns gemütlich."

„Gib mal dein Handy her, ich mach die Fotos.", sagte Maja. „Hier hast du meins auch.", sagte Elena.

„Fabienne, dein Handy?"

Widerstrebend rückte sie es raus.

Da vorne ging es zu diesem Felsen. Jette und Elena hatten ihre Kleidchen schon abgestreift und standen im Bikini da. „Was ist mit dir?", fragte Jette.

Fabienne hatte ihren Badeanzug schon an und zog T-Shirt und Jeans aus.

„Du als erste."

Das auch noch. Sie stellte sich an, voll zittrig. Dann dachte sie. Ich schau einfach nicht nach unten und springe einfach. Je näher sie an die Kante kam, umso kribbeliger fühlte sie sich. Aber als der Typ neben ihr sagte: „Go."

Da dachte sie nicht nach, machte einen riesigen Schritt und fühlte die Leere unter sich. Es dauerte eine Ewigkeit, bis sie ins Wasser klatschte. Sie tauchte unter und fing an, zu strampeln, bis sie wieder oben war. Sie schnappte nach Luft.

Sie hatte Wasser geschluckt und Salzwasser in den Augen. Das brannte ganz gemein. Schnell kraulte sie zur Seite.

„Wow Fabienne, cool."

Alina nahm sie in Empfang, hielt ihr ihr Handtuch hin. „Das Foto ist toll geworden."

„Springst du nochmal?"

„Nee, nie im Leben. Und du?"

Alina grinste. „Ich hatte nie vor zu springen, sollen die anderen doch tun was sie wollen."

Fabienne starrte sie an.

„Tust du immer was andere von dir wollen? Nicht dein Ernst. Jetzt kommt Elena. Oh, nein. Die macht eine Arschbombe. Ehh, typisch."

Fabienne war nicht mehr schlecht, der gestrige Abend war vergessen, aber jetzt zitterte sie am ganzen Körper. Was war nur mit ihr los? Sie ließ sich doch sonst nicht auf solche Sachen ein. Aber ein wenig Stolz war sie doch.

Und sie konnte den Ausblick bei Ricks Café jetzt voll genießen. Alles war gut, und die Mädels waren doch alle ganz in Ordnung. Jedenfalls hatte sie gerade das Gefühl einfach dazu zugehören. Und das hatte sie nur ganz selten.

Gegen Abend sagte Maja: „Also meine Lieben, wir nehmen den nächsten Bus und es geht zurück ins Resort, für heute ist es gut. Ja?"

„Ok." Sie stiegen in den nächsten Bus ein, der kam. Außer ihnen stiegen noch zwei ganz junge Pärchen ein. Dann ging es los. Der

Bus holperte über die Straße. Fabienne schlief ein. Tief und fest innerhalb von drei Minuten.

„Sie schläft schon wieder.", sagte Jette.

„Warum sind wir noch nicht da? Wir sind doch schon eine ganze Weile unterwegs."

„Phhh, weiß nicht."

Dann bremste der Fahrer.

Es stiegen zwei Typen ein.

„Alle raus. Das ist ein Überfall."

Voller Schreck standen sie auf und drängten ins Freie. Sie drückten sich zusammen wie eine verängstigte Herde Schafe. „Geld."

„Wo ist Fabienne?", fragte Maja. Es fiel ihr erst jetzt auf, dass sie fehlte.

„Die ist im Tiefschlaf und hängt in ihrem Sitz."

„Oh je, da steigt noch einer ein. Der holt sie raus."

Sie beobachteten ihn, wie er neben Fabienne stand und anfing zu lachen. Er lachte die ganze Zeit, bis er zu seinem Kumpel aufs Motorrad stieg.

Er stieg zu seinem Kumpel auf ein Motorrad und die Räuber verschwanden in der Nacht.

„Das war heftig.", sagte Maja. Sie stieg ein und hetzte zu Fabienne, die den Kopf nach vorne hängen ließ. Ihr Mund stand offen und sie schnarchte leise.

„Fabienne? Bist du in Ordnung?"

Maja rüttelte sie an der Schulter.

„Was ist los? Sind wir da?"

„Nein, da war gerade ein Überfall, den du verschlafen hast."

„Nee."

„Hast du deine Tasche noch?"

„Äh, weiß nicht."

„Wo ist die?"

„Hier." Elena zog die Tasche am Riemen unter dem Sitz hervor.

„Gratuliere. Du bist die einzige, die nicht beklaut wurde."
Elena und Jette schüttelten den Kopf.

„Das ist typisch für die. Sogar einen Überfall verschläft sie."

Zurück im Hotel trafen Jette und Elena Celine.

Sie erzählten vom Überfall und Fabiennes Tiefschlaf.

„Das paßt zu ihr. Die ist so naiv. Aber ist sie gesprungen?", fragte Fabienne.

„Ja, vermutlich mit geschlossenen Augen.", sagte Maja.

„Tja, ebenso, wie sie durchs Leben geht. Aber ich sagte doch nehmt einen Wagen mit Fahrer.", sagte Celine.

„Das machen wir beim nächsten Mal.", sagte Jette. „Überfallen werden ist nicht so schön."

Fabienne

Fabienne verzog sich auf ihr Zimmer. Sie hatte in den letzten beiden Tagen mehr erlebt als sonst in Monaten. Sie legte sich aufs Bett und schaute auf ihr Handy. Noah, woher hatte er die Nummer? Klar hatte er sich selbst aus dem Computer geholt. Was schrieb er denn?

„Schon was rausgefunden?"

Er erinnerte sie schmerzlich daran, dass sie bisher noch nicht weit gekommen war. Und im Moment wirklich Urlaub machte.

„Ja, sie sind am 24. Dezember abgereist. Angeblich halten sie sich hier irgendwo in der Gegend auf. Und sie gibt sich als Verena aus."

Sollte sie sonst noch was schreiben? Ihr Finger zuckte schon zum Senden hin. Aber sie fügte noch ein: „Dir auch eine schöne Zeit." Erst jetzt verschickte sie die Nachricht.

Wie sollte sie die zwei Anlagebetrüger bloß finden. Wahrscheinlich blieb ihr nur das Zufallsprinzip. Einfach in der Gegend spazieren fahren und Glück haben.

Sie atmete tief durch. Sie wünschte sich doch so sehr, dass sie die Zwei aufstöberte.

Und was sie von den Mädels halten sollte, das war ihr auch schleierhaft. Manchmal waren sie nett zu ihr und manchmal einfach doof. Aber vielleicht lag ja auch alles nur an ihr.

Da machte es mmm-mmm. Ihr Handy. Noah: „Fahre rum und suche sie."

Sie war erleichtert. Vielleicht wurde doch noch alles gut. Obwohl sie letztlich auf einen Zufallstreffer hoffen musste, und das ärgerte sie. Aber sie hatte keine bessere Idee.

30. Dezember, Resort Negril

Fabienne erwachte früh, ohne Kopfschmerzen, ohne Übelkeit. Die Cocktailbar hatte sie gestern Abend gestrichen. Bis zum Yoga hatte sie noch jede Menge Zeit. Sie beschloss, sich für den gestrigen Tag im Shop mit einem neuen Shirt zu belohnen. Und sie behielt es für die Session auch gleich an.

Heute war nur Alina beim Yoga. Nach der Session unterhielten sie sich noch ein wenig.

„Die anderen schlafen noch. War ein bisschen viel gestern. Und geht es dir wieder gut?"

„Ja."

„Schickes Shirt."

„Danke."

„Ich glaube, du könntest viel mehr aus dir machen, du könntest ein ganz anderer Typ sein."

„Meinst du?"

„Ja." Alina lächelte sie an. „Ich muss jetzt los, ich will noch eine Runde schwimmen, bevor die anderen wach sind. Wir sehen uns später am Strand."

Celine

Celine war voll dabei, die Silvesterparty im Resort vorzubereiten. Sie beobachtete wie die Yoga-Mädels sich am Strand ihre

Liegen aussuchten. Verena und Frank waren heute in Ricks Café, also würde sie Fabienne und die anderen hier in Negril halten.

Sie setzte sich zu den Mädchen in den Schatten: „Und habt ihr schon Pläne für heute?"

„Nein, noch nicht. Hast du eine Idee?" , fragte Jette.

„Ja, wie wär es mit einem organisierten Ausflug zu Barney`s Hummingbird Garden. Das ist gleich hier in der Nähe, es gibt eine deutschsprachige Führung. Es ist sowas wie ein Botanischer Garten mit seltenen Kolibris."

„Ok."

Jette und Elena waren mäßig begeistert, aber als Celine ihnen Fotos auf dem Handy zeigte, waren sie doch mit dabei.

„Das ist ja fast ein Dschungel.", sagte Elena.

„Das hört sich doch gar nicht so schlecht an, wir müssen nicht weit fahren und bekommen etwas von Jamaika zu sehen.", sagte Maja. „Ja, und mir reicht es noch von diesem Überfall.", sagte Alina.

Nach dem gestrigen Erlebnis waren sie heute alle ein wenig mehr auf Sicherheit bedacht. Und bei so einem organisierten Ausflug konnte ja nicht viel schief gehen.

Celine zwinkerte ihnen zu: „Und nehmt Fabienne mit, damit sie was erlebt."

„Wird gemacht.", sagte Jette.

„Der Bus fährt um 14.00 Uhr vor dem Hotel."

„Das schaffen wir.", sagte Elena und cremte sich ein. Maja stand auf und sagte: „Ich gehe mal Fabienne Bescheid sagen."

Fabienne

Fabienne war überrascht als Maja vor ihrer Tür stand. „Komm rein." „Sag mal willst du nicht zum Strand kommen?" Ihr Blick fiel auf Fabiennes Laptop. „Arbeitest du hier?"

„Nein, nein, ich wollte nur was nachsehen."

„Ja wir fahren um zwei vom Hotel aus mit einem Hotel Bus in einen Botanischen Garten, gleich hier um die Ecke. Es gibt eine Führung und es ist wie gesagt organisiert. Da kann nichts passieren."

„Ja, weißt du eigentlich wollte ich heute Nachmittag schon etwas anderes unternehmen."

Maja schaute sie verblüfft an. „Wie jetzt? Allein hier im Zimmer rumhängen. Komm schon Fabienne, du bist im Urlaub, du bist auf Jamaika."

„Ja, aber."

„Nix aber, du kommst mit. Wäre ja noch schöner. Ich hol dich später ab.“

Fabienne atmete tief durch. Dabei wollte sie doch sämtliche Instagram-Accounts mit Posts von Jamaika durchgehen in der Hoffnung darauf, diese Verena zu finden. Nur auf Zufall zu hoffen, dass Verena genau da auftauchte, wo sie zufällig auch war, das konnte sie vergessen.

Noah war mit seinen Eltern und seiner kleinen Schwester beim Skifahren und deshalb nicht am Rechner. Auf ihn konnte sie nicht hoffen. Und die Zeit bis zum Rückflug lief.

Um halb zwei zog sie sich um. Ein Sommerkleid mit Blumenmuster, nicht gerade große Mode, aber für die Temperaturen passte es.

Der Bus war voller Hotelgäste und die Fahrt dauerte auch nicht lange.

Sie machten Bekanntschaft mit der Pflanzenwelt Jamaikas und den Kolibris. Fabienne war begeistert und froh, dass sie mit dabei war. Sie machte Fotos ohne Ende und postete alles auf ihrem Account.

Nach der Führung setzte sich Fabienne auf eine Bank und fing an, einen der Kolibris zu zeichnen. Die anderen kamen dazu und sagten „wow", „cool".

„Woher kannst du das?"

„Ich weiß nicht, ich habe immer schon gemalt und gezeichnet."

„Und was machst du beruflich?" Das hatten sie sie noch nicht gefragt.

„Ich studiere Kunstgeschichte und will später mal für ein Auktionshaus arbeiten."

„Und dann kriechst du durch alte Gemäuer und stellst fest, ob die

Schinken wertvoll sind oder nicht.", fragte Elena und grinste.

„So ungefähr."

Jette sagte halblaut zu Maja: „Dann passt ihr uralt Outfit voll zu ihrem angestrebten Beruf."

Maja zuckte nur mit den Schultern. Sie ging zu Fabienne und tippte sie an der Schulter an.

„Fabienne, wir müssen los. Unser Bus fährt in 10 Minuten zurück zum Hotel."

„Oh, danke." Sie packte ihre Stifte ein und schloss sich den andern an.

Zurück im Hotel verzog sie sich wieder auf ihr Zimmer, und sie hatte eine Nachricht von Noah.

„Wie sieht es aus? Hast du schon eine Spur? Oder machst du nur Urlaub?" Mit lustigem Emoji.

„Ich versuche Chantal bzw. Verena über Instagram zu finden."

„Du hast schöne Fotos von deinem Ausflug gemacht. Ich sehe mal was ich für dich tun kann.“

Fabienne freute sich über Noahs Hilfe. Zumindest versucht er, mir zu helfen, dachte sie.

Sie scrollte sich weiter durchs Internet. Irgendwann fiel ihr Blick auf die Uhr. Sie wollte sich doch mit den Mädels treffen. Irgendwie waren sie anders als sie, aber dann doch wieder ganz nett zu ihr. Sie legte ihr Handy weg, holte sich ein frisches T-Shirt und die Jeans und machte sich auf den Weg zur Bar.

Die Mädchengruppe

Nach dem Essen trafen sich Celine und die Mädels an der Bar. Nur Fabienne fehlte.

„Und wie hat euch der Ausflug heute gefallen?"

„Gut." Alle waren sich einig.

„Ich hätte da noch ein paar Freikarten für euch, natürlich nur wenn ihr wollt."

„Was ist es denn?", fragte Jette.

„Eine Dancehall Party auf dem Land. Es ist ein Stück zu fahren. Aber es wird die Party des Jahres in einer alten Villa, die sonst leer steht und nur für Foto- und Filmproduktionen genutzt wird. Eine coole Location kann ich euch sagen. Direkt am Meer."

Elenas Augen blitzten. Angesagte Party, das war das Stichwort, auf das sie immer ansprang.

„Aber wie kommen wir da hin?"

„Ich würde mir einen Wagen mit Fahrer beschaffen, teilt den Preis durch fünf, dann ist es ok."

Celine sah in die Runde.

„Und wie ist es?“

„Aber immer.“

„Und nehmt ihr Fabienne mit? Ich habe das so das Gefühl, dass sie noch eine weite Reise vor sich hat, bis sie im richtigen Leben angekommen ist.“

„Schön gesagt.“, sagte Maja.

„Sie ist schon ein wenig seltsam.“

„Aber wenn das eine Party ist, und wir sie mitnehmen müssen, braucht sie was anderes zum Anziehen. So kann sie nicht mit.“

„Ja, verstehe, es gibt da an der Promenade ein paar Shops, die sind nicht teuer, gar nicht weit weg vom Hotel. Geht doch mal shoppen mit ihr, wird ihren Horizont sicher erweitern.“

Sie grinsten sich an.

„Und ihr müsst bis zum Schluss bleiben.“

„Ist ok.“

Jette und Elena grinsten. „Kein Problem."

„Schh. Fabienne kommt.", sagte Alina.

„Fabienne, es gibt Karten für die Party des Jahres. Du fährst doch mit oder?", fragte Elena.

„Warum nicht, ja, klar."

„Und nachher gehen wir shoppen."

„Ok."

Sie liefen gemeinsam die Promenade entlang.

„Hier gehen wir rein.", sagte Maja. Jette ging die Kleider durch.

„Du probierst jetzt die drei Kleider.", sagte sie zu Fabienne. Die anderen sahen sich ebenfalls um.

„Warum?"

„Weil du mit deinen Jeans nicht auf die Party gehen kannst."

Fabienne wurde rot und hoffte, dass es unter dem Sonnenbrand nicht auffiel.

Die Kleider betonten ihr Dekolleté und sie hatte das Gefühl, ein fremder Mensch sah ihr aus dem Spiegel entgegen. War das wirklich sie? Sie kaufte das rote und das schwarze Kleid. Was Omi sagen würde? Aber das schob sie ganz schnell beiseite. Schließlich konnte es ja sein, dass sie Chantal genau bei dieser Party über den Weg lief.

„Ja, da ist noch was.", sagte Maja. „Also ich habe kein Auto mit Fahrer mehr bekommen, es war zu kurzfristig, nur ein Auto zum Mieten gab es noch. Elena fährt, ist das ok für dich?"

„Ja, klar.", antwortete Fabienne.

„Wir fahren morgen am frühen Abend los. Geschätzte Fahrzeit gut eine Stunde. Vielleicht ein wenig länger.

31. Dezember, Villa auf dem Land

Elena fuhr los. Die ersten Kilometer in Negril war die Straße gut befahrbar, aber außerhalb des Ortes war es eine holprige Sache und die Jamaikaner fuhren anders, ohne großes Blinken wurde knapp eingeschert und es wurde dunkel. Elena fuhr mit Licht, der meiste Gegenverkehr kam ohne.

Dann überholte sie ein Wagen ohne Licht so knapp, dass sie beinahe gerammt worden wären. Elena stieß einen Schrei aus. Sie hielt am Straßenrand und stieg aus.

„Leute ich kann nicht mehr. Mich macht das fertig. Wer fährt?"

Keine sagte was. Ihnen war alle die Lust vergangen. Schließlich sagte Fabienne: „Ich fahre. Ich glaube es ist gefährlicher hier zu parken als zu fahren."

„Da hat sie recht.", sagte Alina. „Sonst fährt noch einer auf uns auf." Fabienne setzte sich auf den Fahrersitz, machte Licht an und fuhr.

Es war anders als zu Hause, aber das Fahren brachte sie nicht um. Es war kein Klippenspringen. Obwohl es genauso tödlich sein konnte.

Im Wagen war es still. Das hatte keiner von ihr erwartet. „Also fahren kann sie.", sagte Maja.

„So hier geht es rechts ab und da hinten ist Schon die Villa.", sagte Jette. Sie hatte die Karte auf dem Handy und sagte den Weg an.

Die hell erleuchtete Villa war direkt am Strand. Sie hörten die das Rauschen des Meeres, Musikfetzen aus der Villa. Ein Jamaikaner mit Rasta Locken wies Fabienne in einen Parkplatz ein.

„Wow Mädels und jetzt geht es los.", sagte Jette. Sie schritten auf den Eingang der Villa zu, da warf Elena einen Blick auf Fabienne. „Fabienne, was hast du für Schuhe an. Das geht gar nicht." Fabienne sah an sich herunter. Sie hatte zu diesem schwarzen, weit ausgeschnittenen Kleid Sneakers an.

„Aber die sind bequem."

„Oh, nee."

Alina blieb stumm und Maja sagte: „So kommst du da nicht rein."

„Aber.."

„Mädchen tragen High Heels."

Fabienne war froh, dass es so dunkel war, niemand so, wie sie errötete. „Ja, dann fahr ich eben zurück und ihr nehmt euch ein Taxi."

„Ach Quatsch, nimm meine Ersatzschuhe.", sagte Elena. Sie holte aus ihrer Handtasche, goldfarbene Riemchensandaletten. „Die müssten dir passen. Damit kommst du sicher rein. Auch wenn es keine High-Heels sind." Sie reihten sich in die Schlange vor der Villa ein. Der Türsteher sah nur Fabiennes blonden Locken, und dann waren sie mittendrin im Getümmel. „Wahnsinn.", sagte Elena.

Der Raum war riesig, hohe Fenster, Stehtische an den Seiten in der Mitte die Tanzfläche. Es wurde geschubst und gedrängelt. Wortfetzen in Spanisch und Englisch drangen an ihr Ohr. Die Musik wummerte und binnen fünf Minuten stand Fabienne allein im Gedrängel und hatte die anderen verloren.

So etwas hatte sie noch nie erlebt.

Sie versuchte sich an den Rand durchzuarbeiten, aber blieb zwischen zwei Pärchen hängen. Erst als mehrere Leute an den Rand drängten, konnte sie sich anschließen und fand Maja wieder.

Maja schrie ihr ins Ohr, um die Musik zu übertönen: „Komm, wir holen uns was zu essen." Maja nahm ihre Hand und zog sie hinter sich her. „Das Essen ist schon im Eintritt drinnen.", sagte Maja und packte Fabienne einen Teller voll.

Die pepperd Shrimps waren ihr zu scharf.

„Komm, holen wir uns noch was zu trinken."

Maja organisierte zwei Cocktails. Fabienne nippte.

„Du ich muss später noch fahren.", sagte sie.

„Ja, aber doch nicht gleich. Bis wir fahren, hast du das schon wieder abgebaut." Maja lächelte.

Der Alkohol war Fabienne zu viel und die Musik zu laut.

Und von dieser Verena keine Spur. Von wegen, Verena würde die Party des Jahres niemals auslassen. Um 0.00 Uhr Feuerwerk, Happy New Year, Küsschen, Umarmungen. Irgendwann reichte es Fabienne.

„Können wir fahren?", fragte sie Maja.

„Nein, jetzt noch nicht, wir sind doch gerade erst gekommen. Die Nacht beginnt gerade."

Fabienne war jetzt schon am Ende. Sie vertrug das alles nicht und beschloss, sich ein ruhiges Plätzchen zu suchen. Sie durchquerte die Villa, fand eine Treppe ins Obergeschoss. Hier war es ruhig. Sie öffnete die Tür zu einem Raum. Hier stand eine Couch. Sie würde ein Nickerchen machen, und dann wieder runtergehen.

1. Januar, Villa um 4.30 Uhr, Alina, Maja, Jette und Elena

„Es reicht langsam.", sagte Alina.

„Ja und wir müssen auch noch eine gute Stunde fahren. Wo ist eigentlich Fabienne?"

„Gute Frage, ich habe sie schon länger nicht mehr gesehen."

„Lass uns mal suchen gehen."

Sie durchquerten die Villa. „Also sie ist hier nicht."

„Und oben?"

„Da ist doch gesperrt. Siehst du?"

„Was ist wenn sie jemand entführt hat?"

„Phh, die verschläft auch eine Entführung."

„Oder sie hat sich so einen süßen Jamaikaner geangelt." „Die doch nicht."

„Vielleicht ist sie schon am Parkplatz."

Sie gingen zum Wagen. Aber keine Spur von Fabienne.

„Wisst ihr was?"

„Wir fahren jetzt. Soll sie doch morgen mit einem Taxi zurückfahren."

„Stimmt, da stehen ja genügend rum."

„Also dann. Lasst uns fahren."

„Aber so ganz in Ordnung finde ich das nicht.", sagte Alina. „Sie ist mit uns gekommen, wir sollten gemeinsam zum Hotel zurückfahren."

„Du kannst ja hierbleiben.", sagte Elena.

„Ok. Wir fahren."

Sie kamen gegen halb sechs Uhr morgens im Hotel an. Die Yoga-Session fiel heute aus.

Silvester in Negril, Celine und Verena

Celine erwartete Verena und Frank gegen 17 Uhr. Verena umarmte sie innig und flüsterte ihr ins Ohr. „Frank weiß nichts von dieser Fabienne. Sag nichts." Und Celine antwortete: „Ja, schön, dass ihr da seid."

Celine hatte sich freigenommen und verbrachte den Abend mit den beiden mit einem Silvestermenü und Party-Stimmung am extra abgesperrten Strand. Es war die Party des Jahres, die Party in Negril. Um 0.00 fielen sich alle in die Arme, wünschten sich ein frohes Neues! Sektkorken knallten, Champagner floss in Strömen, als gäbe es nur diese eine Party im Leben. Alle blickten in den Himmel und bewunderten das Feuerwerk in allen Farben, den Feuerregen in pink, lila, grün und gelb.

Als Frank sich mit anderen Gästen unterhielt, steckte Verena Celine 500 Euro zu. „Oh, danke. Das wäre aber nicht nötig, gewesen. Wir sind doch Freundinnen."

Verena lächelte ja. „Und deshalb wäre es schön, wenn du mich auf dem Laufenden halten könntest. Wann reist diese Fabienne ab?"

„Soweit ich weiß am 3. Januar."

Verena lachte. „Dann ist ja alles gut." Sie war sich sicher, dass sie dann wieder ohne Angst tun und lassen konnte, was immer sie wollte. „Und wohin geht es bei dir als Nächstes?"

„Kingston."

„Kingston? Warum?", fragte Celine. „Kingston ist doch gefährlich."

„Ja, aber es gibt da die beste Dancehall-Tanzschule überhaupt.

Und ich sage dir, dieser Ricardo ist genial. Ich war gestern bei so einer „Dancehall Expirience" mit dabei. Das gibt es auch als Stream. Diese Moves. Purer Wahnsinn."

„Verstehe.", sagte Celine und nickte. „Und wann brecht ihr morgen auf?"

„Morgen früh nach dem Frühstück. Wir wollen möglichst früh in Kingston ankommen. Wir fahren ja doch drei Stunden."

Frank war wieder dazugekommen.

„Schatz. Ich brauche meinen Schlaf." Er tätschelte ihre Schulter. „Ja. Dann ziehen wir uns jetzt zurück. Machs gut Celine. Falls wir uns morgen nicht mehr sehen."

Celine blieb noch eine Weile sitzen und beobachtete die Menschen beim Feiern. Sie freute sich darauf, den nächsten Silvester anderswo auf der Welt zu verbringen.

Celine an der Rezeption

Am nächsten Morgen drehte sie ihre Runde durchs Hotel. Verena und Frank waren gerade abgereist. Sie konnte sich jetzt in Ruhe um Fabienne kümmern. Sie hatte Maja getroffen, die die Folgen der langen Nacht am Pool auskurieren wollte. „Morgen Celine. Stell dir vor, Fabienne ist verloren gegangen. Wir haben sie gesucht. Aber nicht gefunden."

„Oh, je. Ich kümmere mich. Und sonst hattet ihr Spaß?" „Viel zu viel. So wie ich mich heute fühle, aber es war super."

Celine ging zur Rezeption. Sie lächelte vor sich hin. Fabienne war verloren gegangen. Besser ging es nicht. Aber sie war ja die „Gute" und sie würde sich kümmern. Anders als Maja dachte.

„Also, diese Fabienne ist heute Nacht nicht zurückgekommen, hat mir gerade Maja gesteckt. Aber Fabienne fliegt übermorgen nach Deutschland zurück. Also ich denke, die kommt nicht mehr, du kannst ihr Zimmer schon mal vergeben."
Jada runzelte die Stirn.
„Nee, die hat pauschal gebucht. Ich will keinen Ärger mit dem Reiseveranstalter. Und wenn das Zimmer leer steht ist es mir egal. Außerdem müsste ich mich dann um das Gepäck kümmern, das sicher noch drinnen steht. Das sind immer diese Partys." „Wie du meinst."

Celine schwirrte ab. Diese Jada, die war wirklich gut. Sie würde jetzt in ihrem Appartement an ihrem neuen Yogaprogramm für Januar arbeiten.

Jada

Jada sah Celine im Korridor verschwinden. Sie dachte an das das Geld, das ihr Fabienne vor einigen Tagen zugesteckt hatte. Und außerdem war es typisch Celine, Leute auf Partys zu schicken, bei denen sie irgendwie verloren gingen. Das war nicht gut für den Ruf des Resorts.

Also rief Jada eine Bekannte aus ihrer Schulzeit an, die in der Villa putzte.

„Sag mal, bei uns fehlt eine Touristin, die war gestern auf dieser Party in der Villa. Kannst du nachsehen, ob sie noch da

162

ist?"... „Ja, danke. Schick sie mit einem Taxi zurück."

Fabienne in der Villa, 10.30 Uhr, Erwachen

Sie hatte richtig gut geschlafen, Fabienne schlug die Augen auf. Es war hell, aber wo war sie? Sie schreckte hoch. Wo war sie? Nicht auf ihrem Zimmer. Wie jetzt? Dann fiel ihr alles wieder ein. Die Party des Jahres.

Sie war in dieser Villa auf dem Land, und es war ruhig. Oh, nein, wo waren die anderen? Sie rappelte sich auf, zog das Kleid zurecht, das ihr jetzt im Tageslicht viel zu gewagt vorkam, und sie stolperte die Treppe hinunter. Die Villa bot ein Bild der Verwüstung, überall leere Pappbecher, übervolle Aschenbecher, leere Flaschen, es roch nach Alkohol, Rauch und Fett. Und das schlimmste war, die Villa war leer. Sie war mutterseelenallein. Draußen rauschte das Meer. Alles war menschenleer.

Sie lief zur Tür hinaus. Kein einziges Auto auf dem Parkplatz. Sie bekam Panik. Die anderen hatten sie einfach vergessen. Sie fühlte sich enttäuscht, verletzt und vor allem hatte sie keinen Schimmer, was sie jetzt am besten tat.

Wo war ihr Handy? Lag das noch oben im Zimmer? Sie lief wieder ins Haus, die Treppe nach oben. Ihre Tasche schaute unter dem Sofa hervor. Sie zog sie heraus, machte es an. Aber da war kein Netz und überhaupt funktionierte hier gar nichts. Fabienne wusste nicht mal genau, wo sie war, und das, obwohl sie gefahren war.

Da hörte sie unten die Tür. Ihr Herz schlug schneller. Vielleicht holten die Mädchen sie ab?

Dann redete jemand unten. Eine Frau. Sie stürmte die wieder die Treppe hinunter.

Die Frau war ein wenig älter als sie, hatte ihre langen Haare zu einem Pferdeschwanz gebunden, hatte Gummihandschuhe an und schleppte einen Eimer mit Putzwasser und einen Wischmopp herein.

Ihr Blick fiel auf Fabienne.

„Ah, Sie sind das. Ich weiß schon Bescheid, Sie sind verloren gegangen. Jada aus dem Hotel hat Bescheid gegeben. Ich soll Sie in ein Taxi setzen."

Fabienne fiel ihr um den Hals.

„Danke. Das ist gut." sagte Fabienne.

Amelia lächelte, als Fabienne ihr einen Schein in die Hand drückte.

„Schon ok. Ich heiße Amelia. Aber es wird dauern bis heute ein Taxi hier zur Villa raus fährt.“

Fabienne wartete. Es wurde Mittag, sie schwitzte, das Kleid klebte an ihrem Körper, und sie glaubte schon nicht mehr daran, dass das Taxi käme, als ein Auto vor der Villa hupte. „Los, das ist Ihr Taxi.“, sagte Amelia.

Fabienne setzte sich in den Wagen und wieder ging es über die holprigen Straßen zurück ins Hotel.

Die Mädels konnten sie mal. Es hatte sie tief getroffen, dass die anderen sie einfach zurückgelassen hatten. Das hätte sie von denen nicht gedacht. Sie hatte geglaubt, sie wäre mit den Mädels befreundet. Aber wenn sie erst nach Hause fuhr, würde sie wohl nie wieder von denen hören.

Mit einem Schlag war ihr klar, dass sie am übermorgen abreisen würde. Und sie hatte ihre Mission nicht erfüllt. Sie hatte einfach nur Urlaub gemacht. Und diese Verena oder Chantal kam einfach so davon. Das durfte nicht sein. Sie zerbrach sich den Kopf.

Was war hier eigentlich falsch gelaufen? Wo war sie falsch abgebogen? Wenn du nicht mehr weiter weißt, dann frag jemanden, der es wissen könnte. Omi Originalton. Sie schrieb Noah. „Frohes Neues. Gibt es irgendeinen Hinweis, wo Chantal sein könnte. Schau nochmal im Internet. BITTE. Sonst reise ich übermorgen ab."

Am Hotel bezahlte sie ihr Taxi und begrüßte Jada.

„Danke für Ihre Hilfe. Ich weiß nicht, was ich sonst gemacht hätte."

Fabienne steckte ihr wieder Geld zu. Jada wollte es nicht nehmen. Aber Fabienne bestand darauf, denn auf Jada konnte sie sich verlassen. Und sonst gab es da nicht viele. Das hatte sie inzwischen gelernt.

Fabienne duschte und wartete auf eine Nachricht von Noah.

Sie sah immer wieder auf ihr Handy. Es dauerte. Sie rechnete nach, Jamaika 15.00 Uhr bedeutete, 21 Uhr Deutschland. Aber Noah lebte ja quasi vor seinem Computer, wenn er nicht einen Trinken ging. Endlich zwei Stunden läutete das Telefon.

„Hallo Fabienne. Frohes Neues. Schön gefeiert? Ich hab diese Chantal oder besser Verena gefunden, auf einem Stream einer Tanzschule in Kingston. Der Stream ist am 30. Dezember hochgestellt worden. Der Typ, dem die Tanzschule gehört, nennt sich „Ricardo". Aber das ist auch alles, was ich weiß."

Fabienne erzählte von der Party, aber nicht, dass die anderen sie dort zurückgelassen hatten.

„Also, dann fahre ich nach Kingston."

„Nein, komm zurück, in Kingston ist es gefährlich."

Wenn du wüsstest, was mir heute passiert ist, dachte sie. „Ok. Noah, danke und ich schreibe dir. Bis dann."

Aber was, wenn diese Chantal schon wieder weg war, so wie im Hotel, dann war alles sinnlos. Trotzdem, es war die letzte Chance, ihr letzter Versuch, das Geld für Omi zurückzuholen.

Ihr Herz schlug schneller. Auf nach Kingston. Omi schrieb sie: „Ich verlängere ein paar Tage, melde mich."

Und der Sekretärin schrieb sie: „Bitte meinen Urlaub eine Woche verlängern. Es ist paradiesisch hier."

Jetzt brauchte sie noch einen Fahrer, um dahin zukommen und ein Hotel in Kingston. Und dieses Mal würde sie es schlauer anstellen, und nur nach einer „Freundin" suchen und kein Wort über eine „Betrügerin" verlieren.

Sie suchte sich die Tanzschule im Internet und fand den Stream. Was tanzten denn die da? Und da am Rand im Publikum war Chantal. Sie versuchte sich die Gesichter einzuprägen und hörte die Musik, die für sie völlig fremd war, sah sich Videos an. Das war eine andere Welt, alles viel zu sexy für sie, und die Musik nicht ihr Style, aber die einfachen Moves bekam sie hin, da war sie sich sicher.

Aber sie sah an sich herunter. Sie brauchte wieder mal das passende Outfit. Nicht noch mal auffallen. Trotzdem es war eine Welt, die nicht ihre war, Regeln, die sie nicht kannte. Ihr war mulmig zu Mute.

Auf dem Weg aus dem Hotel zu den Läden auf der Promenade lief sie Celine über den Weg.

„Ach, Fabienne, du fliegst übermorgen nach Hause?"

„Nein, ich mache einen Dancehall Workshop in Kingston."

„Ach, was. Hast du Verena gefunden?"

„Nicht wirklich." Ach, Mist was musste sie immer so viel reden. Celine hatte sie durchschaut. Sie brach das Gespräch ab, bevor sie noch mehr erzählte.

„Ich muss jetzt los."

Celine

Celine sah Fabienne versonnen hinter her.

Diese Fabienne. Sie hatte sie unterschätzt, wenn die sich mal in was verbiss. Aber umso besser für sie. Jetzt musste ihr Verena dankbar sein.

Celine an Verena

Sie fing an, eine Nachricht zu schreiben, aber dann beschloss sie, Verena einfach anzurufen.

„Hallo Verena, ich bin es, Celine."

„Ah, Celine, schön von dir zu hören, was gibt es?"

„Verena, es gibt schlechte Nachrichten. Diese Fabienne sie fährt nach Kingston."

„Hast du ein Foto von ihr?"

„Ja, kann ich dir schicken. Aber..."

„Ja, wieviel willst du dafür?" Verena klang genervt, aber auch ein wenig ängstlich.

Das ermutigte Celine. „Sagen wir 1000?"

„Ok, wenn ich das Foto habe."

Sie schickte das Foto von Fabienne. Kurz darauf erhielt sie das Geld. Sie war eben doch eine Geschäftsfrau.

Fabienne

Abends traf sie Alina, Jette, Elena und Maja an der Bar. Jede hatte einen bunten Cocktail mit Früchten und Obst vor sich.

„Ja, da ist sie ja.", sagte Alina.

„Ja, ihr habt mich einfach vergessen."

„So ein Quatsch, wo hast du dich denn rumgetrieben? Hm. Wir haben dich gesucht. Und wir wollten nicht ewig warten.", sagte Elena. „Äh, wie ist das denn mit meinen Schuhen?"

„Die bring ich dir nachher vorbei."

„Ne, wir dachten du bist mit einem Jamaikaner verschwunden.", sagte Jette.

Alle grinsten.

„Ne, auf die Idee wäre ich gar nicht gekommen.", sagte Fabienne.

„Reg dich nicht auf. Du bist ja wieder zurückgekommen.", sagte Maja, die Fabiennes unterdrückte Wut spürte.

„Ja, ich bin zurück."

Sie zog die Nase hoch.

„Komm setz dich doch dazu."

„Danke. Nein."

„Jetzt mach hier nicht auf beleidigt.", sagte Elena.

„Die soll sich mal nicht so haben.", sagte Jette.

Fabienne war es egal, was die vier von ihr dachten. Sie packte ihre Sachen. Wie hatte sie nur glauben können, sie wäre mit denen irgendwie befreundet.

02. Januar, Fabienne, auf dem Weg nach Kingston

Fabienne fühlte sich großartig. Sie würde es schaffen, diese Verena zu finden. Und sie sah in den neuen Sachen völlig anders aus. Zwar war es noch nicht dieser Dancehall Style, aber in jedem Fall besser.

„Fahren Sie mich zu einem Hotel.", sagte sie zum Fahrer. Die Fahrt führte sie über schlecht asphaltierte Straßen, durch Vierteln nur mit Wellblechhütten, überirdischen Stromleitungen und vielen Kindern, die auf der Straße herumliefen. Irgendwann bogen sie in eine Straße mit richtigen

Häusern aus Beton ab und weiter ging es bis ins Stadtzentrum, fast bis ans Meer. Sie konnte es schon riechen, als der Fahrer anhielt. Sie schaute aus dem Fenster. Sie standen vor dem „Roxy Sunset Hotel".

„Wir sind da. 300 Dollar."

„Wie bitte? Das kostet nur 100 Dollar."

„Bei mir aber 300 Dollar."

„Das ist zu viel."

„Nein."

„Das ist dreimal so viel wie normal. Ich zahle maximal 120." „300" Fabienne wurde schlecht vor Wut. Sie ließ sich nicht mehr für dumm verkaufen. Also sagte sie:

„Du bist im Internet. Du bekommst so eine miese Bewertung, dass dich niemals mehr jemand bucht."

Er sah sie wütend an. „200"

„Und ich gebe ihm Hotel Bescheid." Fabienne hatte einen

hochroten Kopf und das Gefühl ihren gesamten Frust an diesem Taxifahrer auszulassen.

„120“.

Sie gab ihm das Geld und war froh, so davon zukommen. Sie schüttelte sich. Der wollte sie einfach so abzocken. Als sie ihren Koffer aus dem Kofferraum holte, startete er schon den Motor.

Das Hotel war eine Enttäuschung. Kein Vergleich mit ihrem Resort in Negril. Es war ein kleines Zimmer mit surrendem Ventilator an der Decke. Das Bett passte gerade so hinein.

Und sie hörte alles, was auf der Straße unterwegs war. Autos, Lkws, Mopeds. Aber sie Aussicht auf die Stadt war großartig.

Trotzdem fühlte sie sich unsicher und unwohl. Du brauchst nur diese Tanzschule zu finden und in einen

Kurs zu gehen, dachte sie bei sich. Alles ist easy. Sie holte sich die Adresse zu Ricardos Tanzschule aus dem Internet. Die Schule öffnete um 19 Uhr. Den ganzen Nachmittag lag sie auf dem Bett und wartete. Die Minuten wurden zur Ewigkeit. Endlich war es so weit. Sie bestellte ein Taxi und fuhr zu Ricardos Tanzschule. Irgendjemand musste sie doch kennen.

Sie betrat die Tanzschule und bekam den Schock des Lebens. Hier hüpften hauptsächlich Mädchen herum, in ihrem Alter, und einige sprachen Deutsch. Sexy angezogen und das war Trainingskleidung? Dieses Training war schweißtreibend. Irgendwann traute sie sich, nach Verena zu fragen. Aber keine kannte sie.

Ricardo sah sie böse an. „Was willst du? Tanzen lernen oder

reden? Dabei musst du wirklich noch viel üben."

Fabienne wurde rot und sagte kein Wort mehr.

Nach der Stunde fragte er: „Bleibst du?" Sie nickte. „10 Stunden 200 Dollar. US Dollar, keine Jamaikanischen."

„Das ist eh nicht teuer.", sagte hinter ihr ein Mädchen. „Ist toll hier. Glaub mir, vor allem die Partys zwei Mal die Woche. Ich bin übrigens Jasmin."

Sie fasste sich und fragte sie nach Verena.

„Ne kenn ich nicht. Wie sieht die denn aus? Die war noch nie hier."

„Aber ich habe sie doch auf dem Stream gesehen."

„Zeig."

„Ach die. Ja die war gestern völlig aufgelöst und hat nach einem Hideaway gefragt, also so einem Geheimtipp, wo nicht jeder hinkommt. Ich glaube, sie hat sich dann für ein Hostel bei Port Antonio entschieden. Also was ich so mitbekommen habe. Warum fragst du?"

„Ach wir kennen uns schon länger beruflich, und ich dachte es wäre witzig sie hier zu treffen."

„Klar, die jüngste ist sie ja nicht mehr, aber total eng mit ihrem Typen, diesem Frank."

02. Januar, Verena und Frank

„Schatz wir müssen weg."

Frank lag im Bett, rauchte eine Zigarette und blätterte in einem amerikanischen Börsenmagazin.

„Warum, wir sind doch gerade erst gekommen? Gefällt es dir nicht mehr hier? Oder was ist los?"

„Ich habe eine Nachricht von Celine aus dem Hotel bekommen."

„Was will sie? Hast du deine Yogarechnung nicht bezahlt?"

„Nein. Aber im Hotel ist eine junge Frau aufgetaucht, die nach mir gefragt hat."

„Und jetzt?" Frank richtete sich auf.

„Sie hat sie ein wenig herumgeschickt und gehofft, dass sie wieder nach Deutschland zurückfliegt. Aber sie kommt nach Kingston."

„Wie bitte? Wie kann das sein? Du bist doch nicht auf irgendein Foto gekommen, so versehentlich meine ich?"

„Nein, nicht dass ich wüsste."

Sie dachte nach. „Aber da war vor Silvester auf der Party der Tanzschule so ein Team, das gefilmt hat, für einen Stream für Ricardo."

„Und wenn du irgendwie darauf bist, dann bist du jetzt im

Internet. Pack die Sachen, aber wir reden noch drüber."

„Ich habe eine Adresse von einem ziemlich abgelegenen Hostel. Da kommen nur Leute, die es kennen."

„Wo?"

„Port Antonio."

„Ich rufe uns ein Taxi."

Verena packte, während Frank die Rechnung an der Rezeption beglich. Wie konnte sie nur so unvorsichtig sein. Wir reden noch, hatte Frank gesagt. Frank würde ihr den Kopf abreißen. Sie hatten ein halbes Vermögen ausgegeben, um spurlos aus Deutschland zu verschwinden, und jetzt wurde sie unvorsichtig und nachlässig. Aber sie hatten sich an das geruhsame Aussteigerdasein gewöhnt und manchmal sehnte sie sich nach Deutschland und die alten Freundinnen, zu denen sie keinen Kontakt haben durfte. Der Preis für ihr unbeschwertes Luxusleben war hoch. Und so unbeschwert war es dann doch nicht. Wie man sah. Jedenfalls würde es sie viel Mühe kosten, um bei Frank wieder gut Wetter zu machen.

Dabei hatte sie insgeheim auch davon geträumt, selbst bei einem Stream zu tanzen und groß rauszukommen, natürlich nicht als Chantal Bellingdorf, sondern als Ricarda sonst was.

„Mach sowas nie wieder.", sagte Frank, als er den Stream im Internet gefunden hatte.

„Sonst brauchst du ein neues Gesicht. Wegen sowas geh ich nicht in den Knast. Hast du gehört?"

Verena zitterte. „Ja. Alles klar."

Frank hatte viele gute Seiten, aber er konnte richtig wütend werden. Und wenn er in Rage war, wollte sie sich mit ihm lieber nicht auseinandersetzen.

Seine Laune besserte sich erst, als der Taxifahrer von der Hauptstraße abbog und sie durch einen Mangrovenwald Richtung Hostel fuhren.

„Gefällt mir, hier findet uns kein Mensch."

Er nickte ihr anerkennend zu.

Verena atmete auf. Trotzdem fühlte sie sich zum Heulen. Dieses ewige Versteckspiel kostete sie einfach viel zu viel Energie.

Und dann tauchte „Judy`s Farmhouse-Lodge" vor ihnen auf.

„Oh, das ist ja richtig hübsch.", sagte sie.

Sie stiegen aus und Ronny kam ihnen entgegen.

„Hallo, ich bin Ronny."

„Verena und Frank. Wir würden gerne ein paar Tage hier bleiben."

„Ok. Kommt mit."

Sie folgten Ronny ins Haus.

„Ich zahle bar und im Voraus. Sagen wir für eine Woche.", sagte Frank.

„Gerne, ich gebe euch Bungalow 3".

„Super."

„Ja, da habt ihr einen schönen Blick über Port Antonio und die ganze Bucht."

„Gibt es noch andere Gäste?"

„Im Moment nicht, nächste Woche haben sich welche angemeldet."

Ronny

Ronny registrierte, dass Frank erleichtert war. Wovor versteckte der sich? Das waren keine normalen Gäste, das sagte ihm sein Instinkt.

Das konnte ein interessanter Aufenthalt werden. Und die Frau erinnerte ihn an Tanja, es waren ihre Augen. Er leckte sich die Lippen.

In Bungalow 3

„Das ist ja spartanisch hier.", sagte Verena, als sie den Bungalow bezogen hatten.

„Nicht so spartanisch wie im Knast. Sag mal, was hast du dir eigentlich dabei gedacht, als du zu dieser Party gegangen bist und die Kameraleute gesehen hast?"

Verena antwortete nicht. Sie stand am Fenster und beobachtete Ronny.

„Der Typ hat was auf dem Kerbholz, vielleicht ein paar Leichen im Keller. Das sag ich dir. Der zwinkert auch ständig. Und es fällt ihm nicht mal auf. Allein wie der mich angesehen hat, gruselig."

Frank hatte es sich inzwischen auf dem Bett bequem gemacht. „Du bist eben eine schöne Frau, dich sehen viele Männer an. Das finde normalerweise höchstens ich gruselig."

Frank drehte sich zu ihr und küsste sie auf den Hals.

„Und willst du mal in seinem Keller nachsehen, nach den Leichen?"

Er grinste. „Das wichtigste ist doch, dass wir hier eine ruhige Zeit verbringen und in einer Woche sind wir wieder weg."

„Ich würde lieber gleich abreisen.", sagte Verena.

„Das hättest du dir früher überlegen sollen. Jetzt ist es wie es ist. Und zeig mal das Foto von dieser Fabienne, die nach uns sucht."

Sie legte ihm ihr Handy hin.

„Schau selbst."

„Die sieht voll jung aus, und ein wenig naiv. Vor der brauchen wir uns nicht zu fürchten."

„Hoffentlich.", sagte Verena, die ein ungutes Gefühl hatte. Das Hostel war so weit draußen, sie waren allein hier. Irgendetwas war hier im Busch, aber sie hatte keine Ahnung, was es war, was sie so beunruhigte.

Frank spürte es. Er nahm sie in den Arm. „Komm schon, meine Süße. Ich gehe jetzt mal hoch zu Ronny und sage, ich hätte eine liebestolle Stalkerin am Hals und er soll uns Bescheid geben, falls sie auftaucht."

Verena nickte. Aber der Kloß im Hals blieb und sie fühlte sich so nervös, wie damals, als sie aus Deutschland verschwanden. Vielleicht wäre es besser, Rüdiger zu kontaktieren und mit seiner Hilfe wieder unterzutauchen. Aber das würde sie Frank erst ein wenig später vorschlagen.

Fabienne

Sie hatte eine Spur und dieses
Mal war alles gut gelaufen. Im
Grunde konnte sie auschecken und
nach Port Antonio fahren. Dieses
Kingston war ihr irgendwie nicht
geheuer. Sie googelte Port Antonio
im Internet. Die Blaue Lagune, die
kannte jeder, da wollte sie in
jedem Fall noch hin, ansonsten
drittgrößter Hafen Jamaikas,
15.000 Einwohner.

Im Vergleich zu Kingston mit
seinen ca. 670.000 Einwohnern hörte
sich das gemütlich an. Sie
bestellte ein Taxi und fragte an
der Rezeption nach dem ungefähren
Preis. Knapp 50 Jamaika Dollar, das
war ok. Aber es war schon spät und
nachts wollte sie nicht allein
unterwegs sein. Also verschob sie
die Abreise und legte sie sich ins

Bett. Über ihr surrte der Ventilator und sie schlief ein.

02. Januar, Fabienne, Kingston

Am nächsten Morgen ging es los. Sie meldete sich bei Noah.

„Sie sind schon irgendwo in einem Hostel bei Port Antonio abgestiegen. In welchem weiß ich leider nicht. Ich fahre jetzt nach Port Antonio."

Sie packte ihre Sachen in den Koffer. Inzwischen hatte sich ihre Garderobe verändert, neben Jeans und Blümchenblusen, fanden sich jetzt Crop Tops, Spaghettiträger-Shirts, knappe Hotpants, Bikinis und zwei Kleider. Omi, wenn das sähe.

Und dann kam die Nachricht von Noah.

„Pass auf dich auf. Es gibt mehrere Hostels. Aber ich tippe auf das hier. Es heißt „Judy´s Farmhouse-Lodge".

Er schickte ihr ein Bild. „Es ist nur schwer zu erreichen und schon deshalb meiner Meinung nach das ideale Versteck. Inhaber ist ein gewisser Alex aus Deutschland. Er ist vor ein paar Jahren nach Jamaika ausgewandert, allerdings schreiben zwei Backpackerinnen, dass ein Ronny ihn zur Zeit vertritt, weil er in Deutschland ist. Viel Glück und sei vorsichtig. Melde dich sobald du dort bist."

Ronny und Frank, vor dem Hostel

Frank sah, wie Ronny mit eine Elektro Sense die Rasenränder auf gleiche Höhe stutzte.

„Viel Arbeit hier. Ist ja alles hübsch gepflegt. Seit wann machst du das hier?"

„Ich vertrete nur einen Freund, der gerade in Deutschland ist."

„Ah. Ja, wir sind auch aus Deutschland, und ich habe eine Bitte."

„Ja?"

Er zeigte Ronny das Foto von Fabienne.

„Wenn diese Frau hier auftaucht, sag ihr nicht, dass wir hier sind und gib mir bitte Bescheid."

Ronny sah ihn fragend an.

„Ja, das ist eine liebestolle Stalkerin. Die folgt mir auf Schritt und Tritt in diesem Urlaub. Also wenn..."

„Ja, alles klar. Ich wimmle sie ab und geb` euch Bescheid."

„Danke."

Ronny wartete, bis Frank in Bungalow 3 verschwunden war. Dann ging er ins Haus und mixte sich einen Drink. Er legte sich in die Hängematte in der Lounge und dachte nach. Er hatte nichts gegen die zwei. Es war nichts Persönliches. Aber den beiden folgte jemand. Und die Frau sah nicht aus wie eine Stalkerin. Da ging es um etwas anderes. Dieser Frank verschwieg ihm etwas.

Das war nicht gut für ihn. Denn fand man die Zwei, fand man auch ihn. Und wo einer auf der Suche war, da kam ein zweiter. Auch wenn es nur eine sehr junge Frau war, die harmlos wirkte.

Aber wer konnte schon wissen, aber vielleicht tauchte hier ja sie nicht auf. Er würde den Dingen erst mal ihren Lauf lassen. Wenn jemand kam, dann würde er das auf seine Weise regeln. Für den Moment sah alles gut aus.

Abends grillte er für die beiden. Sie ließen es sich schmecken.

„Das schmeckt wirklich vorzüglich. Du hast das Fleisch mariniert? Nicht?"

Franks Blick fiel auf das Fleischhackmesser.

„Ah und damit zerlegst du es."

„Ja. Damit zerlege ich es.", sagte Ronny und grinste, sodass sich bei Verena sämtliche Härchen aufstellten. Aber Frank schien nichts zu bemerken.

Jaydan sah ein paar Mal zu ihnen herüber. Dann verschwand er in seinem Haus. Jaydan hatte nur ein einziges Mal nach Alex gefragt. Kurz darauf hatte Ronny ihm Grüße von Alex ausgerichtet. Es war ihm, als wäre Jaydan blass geworden. Und seither hatte Jaydan kein Wort mehr über Alex verloren.

03. Januar, Fabienne auf der Anfahrt bis zu „Judy´s Farmhouse-Lodge".

Sie war früh in Kingston aufgebrochen und in Port Antonio in ein anderes Taxi umgestiegen. Und als der Fahrer in den Mangrovenwald abbog, die Straße immer schlechter wurde, bekam sie es mit der Angst. Er würde sie doch nicht ausrauben. Aber er fuhr weiter noch eine Kurve und noch eine Abzweigung, bis das Hostel vor ihnen auftauchte.

„Schön.", sagte sie.

„Wollen Sie hier wirklich aussteigen?", fragte der Taxifahrer.

„Warten Sie hier auf mich?"

„Ja, aber nicht lange."

Sie stieg aus und sah Ronny im Gartenstuhl sitzen. Langsam ging sie auf ihn zu.

Ronny

Ronny saß draußen, als er den Wagen kommen hörte. Gäste um diese Zeit? Niemals. Das war *sie*. Die beiden Gesuchten schliefen noch. Er hatte ihnen gestern Cocktails gemixt und die beiden hatten sie nur zu gern getrunken. Und jetzt stieg diese Frau aus dem Taxi. Ronny blieb sitzen. Sie sollte zu ihm kommen. „Hallo, ich bin Fabienne. Sind Sie Ronny?"

Woher wusste sie seinen Namen? Das war nicht normal.

Ronny ärgerte sich. „Ja, ich vertrete Alex. Wollen Sie hier übernachten?"

„Eigentlich wollte ich nur wissen, ob Freunde von mir hier sind. Ich erreiche die beiden nicht. Verena und Frank."

„Nein, ich kenne die beiden nicht. Sie sind nicht da. Kann ich sonst etwas für Sie tun?“

Er sah Richtung Wald. Ihr Taxi wartete noch. Am besten er schickte sie weg.

Sie zögerte.

„Geben Sie mir ihre Nummer, ich rufe Sie an, wenn ihre Freunde vorbeikommen.“

„Oh, danke.“

Sie gab ihm ihre Handynummer, er speicherte sie in seinem Handy. „Schön Fabienne, bis dann.“

Er beobachtete, wie sie in das Taxi setzte und der Wagen im Mangrovenwäldchen verschwand.

Fabienne

Ihr Herz schlug wie wild, als sie wieder im Wagen saß. Irgendetwas hatte sie so verstört, dass sie nicht mal enttäuscht war, dass sie Verena nicht gefunden hatte.

„Fahren sie mich wieder nach Port Antonio."

Dann überlegte sie, was sie so beunruhigt hatte. Das Hostel lag weit draußen in der Einsamkeit. Es war nur dieser Ronny vor Ort und sonst niemand, der Ort wirkte verlassen, einsam und verwaist.

Sie hatte ihm ihre Nummer gegeben.

Fabienne fröstelte. Irgendwie war das alles seltsam und sie hatte das Gefühl, dass er ihr nicht alles erzählt hatte. Zurück in Port Antonio checkte sie im „Jamaika Jungle Retreat" ein, einem Hotel für junge Leute in Strandnähe.

Ihre Gedanken wanderten wieder zu Verena und Frank. Es gab noch zig andere Hostels. Sie konnten in jedem von diesen Hostels abgestiegen sein.

Aber irgendetwas tief in ihr drinnen sagte ihr, dass die beiden da oben waren in „Judy´s Farmhouse-Lodge". Und dass sie einfach nicht intensiv genug gefragt hatte.

Inzwischen bei Ronny im Hostel

Ronny klopfte an die Tür von Bungalow 3.

Frank steckte verschlafen seinen Kopf heraus.

„Ja bitte?"

„Diese Fabienne war da und hat nach euch gefragt. Ich habe sie weggeschickt. Aber es könnte sein, dass sie nochmal kommt."

„Ach nein."

„Ich könnte euch mit dem Boot auf die andere Seite der Bucht bringen. Heute Abend. Dann seid ihr weg. Ich bin sicher, diese Fabienne klappert alle Hotels in Port Antonio ab."

„Hast du gehört Verena? Packen."

Und zu Ronny sagte er: „Mach uns doch bitte einen Kaffee zum Frühstück ja? Ich muss mich mal sortieren."

Ronny setzte Kaffee auf und stellte Obst auf ein Tablett. Er ging runter in den Keller und suchte zwei schwere Eisenteile. Er schleppte sie hoch und legte sie auf der Veranda unter eine Bank. Später würde er sie runter zum Boot tragen. Aber erst mal ließ er die beiden in Ruhe frühstücken.

Er spürte dieses Kribbeln und Vibrieren in seinem Körper. Er musste sich sehr zusammennehmen, es zu unterdrücken. Ronny hantierte in der Küche, als Jaydan in die Tür trat und sagte: „Ronny, ich stelle das Obst rein. Ja?"

Ronny wandte sich ihm kurz zu und sagte:

„Ja, danke Jaydan.“

Jaydan zuckte unter seinem Ton zusammen.

Jaydan kam immer dann vorbei, wenn Gäste hier waren. Nicht, dass er mit ihnen redete, es war mehr, als würde er sich die Gesichter einprägen. Und Ronny war genervt.

„Könnten wir noch Kaffee haben?“, fragte dann auch noch Verena.

„Aber bitte gerne.“

Er kochte neuen Kaffee und kämpfte gegen den Wunsch, ihr etwas davon über die Hand zu kippen.

Es dauerte ewig, bis die beiden sich zu ihrem Bungalow bewegten. So als wollten sie die letzte Zeit gemeinsam genießen. Spürten sie, dass ihr Ende nahte?

Am Abend holte er Verena und Frank nach Einbruch der Dunkelheit ab. Die beiden folgten ihm mit seiner Laterne aufs Boot.

„Ist es nicht zu finster, um jetzt rüber zu fahren?", fragte Verena. Ihr war schon den ganzen Tag lang schlecht vor Angst. Das Boot schaukelte ein wenig auf den Wellen.

„Ah nein, du siehst doch die Lichter, da ist die Küste und dahinter siehst du den Leuchtturm, und da dazwischen liegt unser Ziel. Schaut mal, ich habe euch zwei Cocktails mitgebracht, damit ihr die Überfahrt genießen könnt."

„Mmm, schmeckt lecker. Sehr fruchtig, sehr süß."

Frank trank das gierig in drei, vier großen Zügen leer. Gift wirkte schnell. Verena brauchte nur ein paar Mal zu nippen, um umzukippen. Ronny lächelte, wie die beiden so vor ihm lagen. Da war es wieder dieses berauschende Gefühl von Macht und Stärke.

Er sah sich um. Sie waren weit genug von der Küste entfernt, damit die beiden Leichen nicht an Land gespült würden.

Er stellte den Motor ab, holte die Eisenteile unter der Decke hervor. Er band sie an ihnen fest und ließ die beiden über Bord gehen. Verena glitt ohne große Anstrengung ins Wasser und ging unter. Frank war schwer, er ließ sich kaum anheben. Ronny legte ein Brett unter und erst mit der Hebelwirkung schaffte er es. Auch Frank versank im Meer. Ronny atmete auf.

Jetzt fühlte er sich wieder frei und leicht. Er hatte so viel Gift in die Cocktails gekippt, dass die beiden tot waren, bevor sie als Fischfutter im Wasser landeten.

Ronny wendete und tuckerte zurück zur Anlegestelle, und machte das Boot fest. Die Taschen der beiden blieben erst mal im Boot.

Ronny stieg den steilen Pfad an der Steilküste entlang zum Hostel hinauf. Er brauchte seine Ruhe, jetzt, wo er die beiden los war, drängte sich diese Fabienne in seine Gedanken.

Er wollte allein sein. Doch im Licht der Außenbeleuchtung des Hostels erkannte er Jaydan. Er saß in der Lounge und erwartete ihn. Was wollte Jaydan um diese Zeit von ihm?

„Und, sind deine Gäste abgereist?", fragte Jaydan.

„Ja. Wie du siehst bin nur ich hier. Brauchst du etwas?" „Nein, ich wollte nur sagen, dass ich erst übermorgen wieder liefern kann. Das Obst ist nicht reif genug."

„Gut. Und gute Nacht."

Jaydan lief über die Wiese zu seinem Haus, auf halbem Weg blickte hinunter zu Bungalow 3, der dunkel war.

Als Ronny sicher war, dass Jaydan nicht mehr auftauchen würde, holte er das Gepäck von Verena und Frank aus dem Boot. Zurück im Hostel öffnete er die Reisetaschen.

Er fand Fotos der beiden und scannte sie ein. Er suchte im Internet nach ihnen und er fand die beiden in Verbindung mit den Schlagzeilen:

„Anlagebetrug im großen Stil", „Betrüger Paar aus Deutschland setzt sich ab". Er sah auf, aber wenn das so war,

dann mussten die Verena und Frank Geld haben. Und diese Fabienne würde wiederkommen. Da war er sich sicher. Und dann musste sie verschwinden.

Aber vorher wollte er alles über Fabienne wissen, nicht dass hier Freunde oder Familie auftauchten und nach ihr suchten. Am besten, er ließ sie verschwinden und setzte sich dann selbst ab.

Und zuerst würde er sich um das Geld von Verena und Frank kümmern.

Er verbrachte die halbe Nacht am Computer, aber die entscheidenden Daten waren Passwort geschützt.

Er brauchte das Passwort. Vielleicht war er doch zu schnell gewesen mit den beiden. Er hätte sie nicht sofort umbringen sollen.

Dann durchsuchte er Franks Reisetasche noch mal, fand ein Notizbuch und blätterte darin herum. Dann fand er es. Chan1984tal das sah doch sehr nach Passwort aus. Mit fahrigen Bewegungen tippte er es in den Computer und die Datei öffnete sich. Da war alles drin,

Banken, Zugangsdaten. Er verschaffte sich einen Überblick und wusste, jetzt war er reich.

Er packte den Laptop weg und legte sich schlafen.

Das Haus war ruhig und nichts rührte sich. Noch nicht einmal Meeresrauschen war zu hören. So ruhig war diese Nacht und er schlief tief und fest, bis es draußen hell wurde.

04. Januar, Hostel, Ronny

Am nächsten Morgen fasste Ronny einen Plan. Er meldete sich bei Fabienne.

„Ich hatte gestern einen Anruf von einer Verena. Sie fragte, ob ich etwas frei habe und sie wollen in den nächsten Tagen hierher kommen. Möchtest du bei mir auf sie warten?"

„Ja, gerne. Ich komme am späten Vormittag. Wenn Frank und Verena früher da sind als ich, dann sag ihnen nichts von mir, es soll eine Überraschung werden."

„Aber gerne."

Fabienne checkte aus und ließ sich wieder zu „Judy`s Farmhouse-Lodge" chauffieren.

Ronny empfing sie und trug ihr Gepäck ins Hostel.

„Ja, Verena und Frank sind noch nicht da, wir duzen uns hier alle. Ist das in Ordnung?"

Fabienne nickte.

„Setz dich doch.", sagte Ronny.

Er stellte ihr ein Wasser hin. „Und woher kennt ihr euch?" „Ach, lange Geschichte. Ich kenne Verena aus der Arbeit."

„Ah ja. Und warum reist du allein? Du bist doch allein unterwegs?“

Ronny lehnte sich zurück.

„Ja, schon, ich habe Urlaub mit ein paar Mädels in Negril gemacht und dann festgestellt, dass Verena und Frank auch auf Jamaika sind und da wollte ich sie sehen.“

„Ja, klar.“

Ronny nahm einen Schluck Kaffee. Ein paar Mädels in Negril. So ganz alleine war sie nicht. Das gefiel ihm nicht. Er musste ihr Vertrauen gewinnen.

„Möchtest du ein wenig Obst aus eigenem Garten? Ja?“

Fabienne lächelte.

„Das ist super nett. Ja danke gerne.“

„Und wann fliegst du zurück?“

„Ja, eigentlich, habe ich meinen Flug verpasst.“, sagte Fabienne.

„Ach wirklich? Und wie sieht dein Stempel im Pass aus?" „Wie?" Fabienne so verwirrt aus.

„Bei der Einreise gibt es einen Stempel in den Pass mit dem Datum, wann du wieder ausreist."

„Oje, das könnte Ärger geben."

„Ne, es gibt da eine Behörde in Kingston, die verlängern dir das auch nachträglich. Ich fahr dich gerne hin."

„Echt, würdest du das tun?"

„Ja, klar, kann doch Leute aus meiner Heimat nicht im Stich lassen." Ronny lächelte. Er ging auf in seiner Rolle als Gastgeber.

„Das ist aber schon sehr nett von dir."

„So bin ich eben."

Ronny unterdrückte sein Lachen. Diese Fabienne hatte überhaupt keine Ahnung.

„Ja, dann bleib doch einfach da, und wir klären das mit deinem Pass gemeinsam und ich zeige dir ein wenig die Gegend. Momentan ist eh nicht viel los hier."

„Ah." Fabienne wirkte ein wenig verwirrt und hilflos.

Vor ihm taucht das Bild einer Katze auf, die mit ihrer Beute spielt. Ein Bild aus seiner Kindheit, die Katze hatte gejagt und eine Maus gefangen. Sie hätte die Maus töten können, aber stattdessen ließ sie los. Und die zitternde Maus blieb sitzen, ohne sich zu bewegen, statt sich im Gebüsch zu verstecken, die Katze verschwand. Eine halbe Stunde später kam sie zurück. Die Maus saß immer noch da. Jetzt packte sie die Katze. Und biss sie tot.

An diese Maus erinnerte ihn Fabienne. Und er würde sie packen.

Wann würde sie bemerken, was er mit ihr vor hatte? Sie war so völlig arglos. Wie sie so vor ihm saß. So ahnungslos. Ohne Angst.

Aber zuerst kam die Arbeit. Hatte sie Familie, einen Freund, Freunde, die nach ihr suchen würden? Das wollte er herausfinden. Aber so direkt fragen konnte er nicht. Sie sollte ihm von sich erzählen. Er würde schon die passende Gelegenheit finden.

„Was würdest du dir gerne auf der Insel ansehen? Die Blaue Lagune? Ja? Da wollen alle hin."

Fabienne nickte begeistert.

„Aber vorher würde ich gerne mein Zimmer sehen. Aber nicht heute. Heute würde ich lieber ans Meer gehen."

„Aber klar doch. Bungalow 2 wäre frei. Der liegt nah am Meer."

Er holte den Schlüssel aus der Rezeption.

Sie folgte ihm. Der Pfad führte sie nah an die Klippen.

„Du schlafwandelst hoffentlich nicht?"

„Nein." Fabienne schüttelte den Kopf.

„Ok, zum Meer geht es hier entlang und dann die Treppe nach unten. Unten ist ein Bootssteg mit Badeleiter."

„Danke."

Fabienne

Sie betrat den Bungalow, öffnete das Fenster, es roch nach Meer und Salz. Alles sah ordentlich und gepflegt aus. Sie setzte sich aufs Bett, die Matratze gab sofort nach, gut durchgelegen. Nicht mehr das neueste Modell.

Was für ein Mensch mochte dieser Ronny wohl sein?

Sie fühlte sich ein wenig beklommen und ihr Herz flatterte ein wenig.

Aber sie ignorierte diese Warnung ihres Körpers. Ronny war doch ein netter Mensch. Allein, dass er ihr Anbot mit ihr zur Blauen Lagune zu fahren einfach so.

Er war freundlich, hilfsbereit und er amüsierte sich nicht auf ihre Kosten. Anders als die Mädels in Negril.

Sie schrieb schnell eine Nachricht an Noah:

„Bin wieder in „Judy´s Farmhouse-Lodge". Ronny sagt, die Verena und Frank hätten für die nächsten Tage reserviert. Ich bleibe so lange hier. Fahre demnächst zur Blauen Lagune. Heute gehe ich schwimmen."

Die Antwort kam sofort.

„Viel Spaß. Aber pass auf dich auf."

„Klar doch. Ronny ist schon in Ordnung."

Sie packte ihre Badesachen in die Tasche und sie zog zum ersten Mal ihren Bikini an. Fabienne verbrachte den Tag am Strand. Von Verena und Frank keine Spur.

Abends grillte Ronny für sie beide.

„Und gefällt es dir hier Fabienne?"

„Ja, sehr gut. Das Essen ist sehr lecker. Der Blick aufs Meer von hier oben ist traumhaft schön."

Ronny räumt ab. Sie wollte helfen.

„Lass nur du bist mein Gast."

Als er zurückkam, brachte er eine Kerze und ein Feuerzeug mit. Er zündet sie an. Sie saßen im Kerzenlicht. Er mischte ihr Saft mit einem Schuss Rum.

„Ein bisschen Rum muss sein, schließlich sind wir auf Jamaika."

Sie lachte und fühlt sich seltsam an, beinahe wie ein Date.

„Was machst du so beruflich?", fragte Ronny, als er sich wieder niedergelassen hatte.

„Oh, ich bin Studentin und arbeite als Aushilfe im Büro." „Ah, interessant, was studierst du denn?"

„Kunstgeschichte."

„Ah. Das klingt interessant."

Fabienne freute die positive Reaktion.

„Und was machst du so im Leben?", fragte sie, „Wenn du nicht Alex vertrittst?"

Ich höre mich schon an wie Jette, dachte sie bei sich.

„Oh, Verschiedenes. Mein Job davor war Schiffstechniker auf einem Frachter und ja, eigentlich habe ich vor, noch ein wenig um die Welt zu reisen."

„Und du holst dir Tipps von den ganzen Backpackern, die hier auftauchen?", fragte sie weiter. Ihre Augen glänzten. Das war doch mal spannend hier.

„Ja, es ist interessant mit all den jungen Leuten, die schon so viel von der Welt gesehen haben."

Täuschte sie sich oder rutschte er immer näher zu ihr? Es war ihr nicht wirklich unangenehm, aber es fühlte sich nicht richtig an, vielleicht weil sie todmüde war.

„Kann ich mir vorstellen."

Fabienne unterdrückte ein Gähnen.

„Ich bin total müde, ich muss jetzt schlafen."

„Ja, schlaf schön. Und ja, schließ` die Tür ab, es könnte jemand kommen, der dich erwürgt, haha."

Ronny lachte. Er sah ihr Gesicht.

„Nein, nur Spaß. Aber sperr gut ab, es ist einsam hier. Schlaf schön."

Sein Lachen, fast wie ein Gackern. Für eine Sekunde bekam Fabienne keine Luft mehr. Das war nicht romantisch, das war, ja, was war es? Gefährlich?

Ach was, das bildete sie sich alles nur ein. Alles war in Ordnung. Sie lief den Pfad zu ihrem Bungalow, für einen Moment blieb sie stehen, sie hörte das Meer rauschen, sah die Gischt auf dem schwarzen Wasser, fröstelte wieder und sperrte den Bungalow auf. Sowie sie drinnen war, atmete sie auf und schob den Innenriegel vor die Tür. Sie zog die Vorhänge zu. Jetzt nur schlafen. Da war eine Nachricht von Noah.

„Wie sieht es aus? Hast du sie?"

Das gab ihr einen Stich. Natürlich wieder nicht. Und

irgendwie hatte sie das Gefühl, hier wieder nichts auszurichten, sondern einfach nur Urlaub zu machen. Wie in Negril. Aber das durfte ihr nicht noch mal passieren. Sie war so nah dran. Aber wo sollte sie anfangen? Ihr fielen die Augen zu und sie bemerkte nicht mehr wie draußen vor dem Fenster ein Schatten vorbeihuschte.

Ronny

Er sah ihr nach, bis die Dunkelheit der Nacht sie verschluckt hatte. Dann lachte er. Ronny stellte sich Fabiennes Gesicht vor, wenn sie seine wahren Absichten erkannte. Darauf freute er sich am meisten.

Nur hatte sie ihm immer noch nicht erzählt, ob sie einen Freund hatte und wie es mit ihrer Familie aussah. Morgen würde er sie fragen, ob sie auf Facebook war, oder Instagram. Er wollte alles über sie wissen, bevor er zuschlug.

05. Januar, Fabienne, „Judy´s Farmhouse-Lodge"

Es war spät, als sie erwachte. Sie war schnell eingeschlafen und war dann immer wieder wach geworden. Und sie hatte keinen Plan, was sie heute machen wollte. Stattdessen schrieb sie Noah.

„Bisher keine weitere Spur, was macht dieser Alex in Deutschland?"

Also, dann erst mal einen Kaffee oder Tee oder was auch immer. Und dann einen langen Spaziergang, um die Gedanken zu sortieren.

Sie marschierte hoch zum Hostel. Die Tür stand offen. „Ronny? Wob ist du?" Keine Antwort. Sie starrte in den halbdunklen Raum. Dahinten war eine Tür, sie öffnete sie. Eine Treppe führte hinunter in den Keller.

„Ronny?" Nichts rührte sich. Irgendetwas machte sie neugierig, zog sie nach unten. Sie machte Licht und schritt Stufe für Stufe die Steintreppe hinunter. Diese Mauern waren sicher 200 Jahre alt. Es muffelte ein wenig. Und was hier alles herumlag: Eisenteile, Seile, Draht, Werkzeug, eine Säge, an der Holzfasern klebten.

Am Ende des Raums stand ein mannshoher Gefrierschrank. Was er hier wohl lagerte? Sie hatte die Hand schon am Griff, da hörte sie Ronny, schnelle Schritte, die die Treppe herunterkamen.

„Hier bist du? Komm mit hoch."

Schneller als sie es erwartete, stand er dicht hinter ihr, seine Hand legte sich auf ihre.

Sie ließ die Tür los, drehte sich zu ihm um.

„Komm mit hoch, ich habe Kaffee gekocht."

„Und, was hast du heute vor?"

Sie rührte Milch in den Kaffee.

„Weiß nicht, erstmal einen Spaziergang machen?"

„Entlang der Klippen? Pass auf, dass du nicht abrutschst, das könnte gefährlich sein.", sagte Ronny.

Fabienne sah ihn irritiert an.

„Ich meine nur. Sag mal, hast du schon die tollen Fotos von der Blauen Lagune auf deinem Instagram Account gepostet?"

„Äh, nein. Habe ich nicht."

Sie leckte den Kaffeelöffel ab.

„Aber du hast schon einen Account?"

„Ja, aber ich pflege ihn nicht so richtig, also in meinem Leben ist nicht so viel los."

„Aber du bist doch auf Jamaika. Zeig mal."

„Ok. Du findest mich unter Fabienne_26. Und nein, das ist nicht mein Alter."

Ronny grinste. „Das war auch nicht so gemeint." Er scrollte sich durch. „Du lebst also in München?"

„Ja, da studiere ich auch."

„Dann lebst du in einer Studentenbude?"

„Könnte man so sagen."

Fabienne wurde unruhig. Was wollte er von ihr?

„Sind das deine Freundinnen?"

„Ja, äh, wir machen zusammen Sport."

„Im Fitnessstudio?"

„Ja, genau." Was ging ihn das alles an? Langsam wurde sie sauer.

„Also, Ronny, ich gehe jetzt mal eine Runde spazieren und später fahre ich runter in die Stadt."

„Ich kann dich mitnehmen."

„Ah, ja, gut."

Sie trabte los, erst Richtung Bungalow, sie schnappte sich dort ihr Handy und spazierte los. Sie atmete tief aus und je weiter sie sich vom Hostel entfernte, umso befreiter fühlte sie sich. Allein dieses üppige Grün, diese riesigen Pflanzen und tief unter ihr, der Ozean, in schillernden Blautönen und diese weißen Schaumkrönchen oben drauf. Es war alles atemberaubend und wie gemalt. Das waren doch Fotos für Instagram und im selben Moment zuckte sie zurück, möglichst wenig Privates ins Netz hieß es in der Arbeit immer. Und daran würde sie sich halten. Aber für sich selbst würde sie die Fotos als Erinnerung behalten. Sie sog wieder diese Meeresluft ein. Dieser Ronny, er fragte schon viel Privates, aber vielleicht war das alles ja auch ganz normal und sie kannte das nicht, weil sie wenig Leute kennenlernte in ihrem ruhigen und geregelten Leben. Alles war gut. Von Noah wieder keine Nachricht. Sie kehrte um Richtung Hostel und traf Ronny in der Lounge an, Jaydan verabschiedete sich gerade und nickte ihr zu.

„Wer war das?", fragte Fabienne.

„Das ist Jaydan. Seine Familie arbeitete früher hier für die Leute, ja und jetzt erntet er das Obst und kann das meiste behalten. Davon kann er leben. Ich brauche ja nicht viel für das Hostel. Er ist schon ok."

Fabienne sah ihn an.

„Ja, Jaydan gehört hierher. Aber man muss schon aufpassen hier, wem man vertraut. Es gibt schon gefährliche Menschen hier."

„Nicht nur hier.", sagte Fabienne. Sie dachte an Verena und Frank.

„Weißt du es gibt Leute, die bringen andere um alles was sie haben und haben keinen Funken schlechtes Gewissen dabei. Das würden Menschen wie du und ich nie tun."

Ronny nickte. „Du und ich, wir würden so was nie tun.", wiederholte er.

„Könntest du mir bitte helfen? Ich muss was aus dem Keller holen."

Sie folgte ihm die steile alte Steintreppe hinunter. Er öffnete die nächste Tür, eine schwere Eisentür.

„So und hier musst du festhalten. Ich muss dich warnen. Wenn die Tür zufällt, sitzen wir hier unten fest."

Fabienne erschauderte. War es nur die Kühle hier unten oder war das einfach unheimlich hier? Warum betonte er so sehr, dass er sie *warnen* musste? Das gab doch keinen Sinn.

Oben rief Jaydan nach Ronny. Sie war erleichtert, als sie Jaydans Stimme hörte, so als holte sie sie aus einem Albtraum.

Ronny kam mit zwei Flaschen Rum zurück. „So und jetzt fahren wir in die Stadt." Er sah Jaydan scharf an und fragte: „Was willst du?"

„Neue Gäste erwarten dich in der Lounge."

Ronny atmete aus. Die beiden Pärchen aus Deutschland, wie hatte er die nur vergessen können.

„Hallo, schön, dass ihr hier seid. Heute Abend gibt es Cocktails und jamaikanisches Essen. Also macht es euch gemütlich. Ah, ja. Hier sind eure Schlüssel. Ich bin kurz in der Stadt unterwegs."

05. Januar, München, später Nachmittag, 16 Uhr, Noah

Fabienne meldete sich nicht. Dieser Alex, er hatte über die Website des Hostels ein paar Backpacker ausfindig gemacht und angeschrieben. Ines aus Wuppertal hatte geantwortet:

„Kenne Alex von einer früheren Tour, wir sind befreundet und ich bin besorgt, dass er sich seit einiger Zeit nicht mehr meldet. Im Hostel vertritt ihn ein Ronny. Die beiden kennen sich angeblich seit ihrer Jugend, die sie in einem Kinderheim (Kinder- und Jugendhilfe Steindorf) verbracht haben. Aber ich habe ein ungutes Gefühl."

„Danke. Wenn ich etwas von Alex höre, sage ich ihm, er soll sich bei dir melden. Nur nebenbei, hat er Familie in Deutschland?"

„Das ist es ja, er hat erzählt, dass er keine mehr hat. Aber vielleicht irre ich mich ja auch, oder er wollte nicht darüber reden."

Noah lehnte sich zurück. Da stimmte irgendwas nicht. Das sagte ihm sein Gefühl.

Er griff zum Telefon und wählte einen Kontakt an. „Kannst du mir sagen, ob Alex Friedmann in Deutschland per Flieger um den 11. November aus Jamaika eingereist ist?"

„Klar, das kostest was. Wir gehen zusammen aufs Oktoberfest, ok?"

„Klar. Du kannst auch bei mir übernachten."

Eine Stunde später wusste Noah sicher, dass Alex Friedmann nicht nach Deutschland gereist war. Und, dass er keine lebenden Verwandten mehr hatte. Er sollte Fabienne Bescheid geben.

Doch da kam Arbeit rein. Geldströme verfolgen. Sein Spezialgebiet. Er vertiefte sich so sehr darin, dass er Fabienne und diesen Alex total vergaß.

05. Januar, Port Antonio, Ronny und Fabienne

Ronny parkte und sagte zu Fabienne: „Ich muss ein paar Einkäufe erledigen und zur Bank. Ich melde mich, wenn ich fertig bin, dann können wir noch ein wenig an den Strand gehen." Fabienne nickte. Das passte in ihre Pläne. Sie hatte vor, Port Antonio ein wenig zu erkunden. Ohne Ronnys freundliche Unterstützung. Irgendwie fühlte sie sich von ihm eingeengt, auch wenn er nichts sagte. Allein seine Anwesenheit reichte dafür aus.

Kaum war Ronny um die Ecke verschwunden entspannte sich Fabienne. Es war alles so malerisch hier, wie aus dem Reiseprospekt: weiße Strände und türkisblaues Wasser. Alles viel ursprünglicher als in den Touristenzentren im Westen. Die Leute waren entspannt und aus jeder Ecke tönte Reggae Musik.

Da hinten stand ein Taxi, sie beschloss, mal nach Verena und Frank zu fragen. Das würde natürlich nur gegen Trinkgeld funktionieren. Aber einen Versuch war es wert. Sie fühlte sich gleich besser. Denn sie unternahm etwas. Dass sie sofort zur Attraktion des Tages wurde, störte sie wenig. Denn sich nur auf andere verlassen, das war schon in Negril mit den Mädels schiefgelaufen.

„Hey, ich suche meine Freunde.“

Sie zeigte das Foto. Der erste, ein junger Jamaikaner mit langem Haar, schüttelte den Kopf, ein zweiter kam dazu, zuckte mit den Schultern. Erst ein Mann um die sechzig im grauen Kurzarmhemd und Schiebermütze und dunklen Augen, die schon viel gesehen hatten, sagte: „Ich habe die beiden in das Hostel „Judy´s Farmhouse-Lodge“ gefahren. Vor ein paar Tagen.“

Sie gab ihm Geld. „Und hast du sie wieder abgeholt?“

Er verzog das Gesicht.

„Nein. Sie müssten noch dort sein.“

„Ah Danke.“ Das irritierte sie und das ungute Gefühl, das sie fast dauernd hatte, war wieder da. Aber vielleicht hatte Ronny sie nach

Port Antonio gefahren. Nur warum erzählte er ihr das nicht?

Fabienne hatte das Gefühl, jemand starrte sie an, sie spürte die Blicke im Rücken und sie drehte sich um. Sie schaute direkt in Ronnys Augen.

Fabienne überquerte die Straße und gesellte sich zu ihm: „Und alles erledigt?"

Ronny

Diese Fabienne entwickelte sich zu einer Nervensäge. Was hatte sie mit den Taxifahrern zu reden. Er würde sie noch heute verschwinden lassen, ein kurzes Gespräch über Risiken und Nebenwirkungen, und dann würde sie abstürzen.

So einfach war das und jetzt würde er sie umgarnen, damit sie keinen Verdacht schöpfte.

„Komm Fabienne, wir kaufen dir
jetzt ein hübsches Kleid für heute
Abend.“

„Warum?“

„Für unser romantisches Date
heute Abend.“

„Aber Ronny, nein, das muss doch
nicht...“

„Doch, Fabienne, ich möchte dir
etwas schenken.“

Ihm fiel Tanja wieder ein. Und
wie sie ihn von sich weggestoßen
hatte. Fabienne war anders. Er
spielte mit ihr, nicht sie mit ihm.
Er konnte sie inzwischen besser
einschätzen. Sie redete nicht von
ihren Freunden, weil sie keine
hatte, oder von ihrer Familie. Sie
hatte einfach keine. Niemand kannte
Fabienne und niemand würde sie
vermissen. Sie flanierten an Shop
vorbei. Er zeigte auf ein rot
gemustertes Kleid, das auf einem
Kleiderständer hing.

„Das steht dir bestimmt. Probier es doch mal."

„Ronny, bist du dir wirklich sicher, das muss doch nicht sein."

„Jetzt komm schon, nur für mich."

Irgendwie war es seltsam, sie fühlte sich unter Druck und trotzdem geschmeichelt. Sie probierte das Kleid an, es saß wie angegossen.

„„Und?", fragte Ronny.

„Es paßt perfekt."

„Laß sehen." Sie kam aus der Umkleidekabine.

Die Jamaikanerin mit ihrem hohen Zöpfchen-Pferdeschwanz nickte anerkennend.

„Super schön. Sitzt perfekt."

Fabienne war nicht sein Typ, aber objektiv gesehen, sah sie mit ihren Formen gut aus.

Ronny bezahlte das Kleid und drückte Fabienne kurz an sich.

„Wird Zeit, dass wir zurückfahren. Ich habe für heute Abend Cocktails für alle versprochen. Und ich muss dir noch meinen besten Freund vorstellen."

„Ja?"

„Es ist ein Bussard, er hatte sich verletzt und ich habe ihn gesund gepflegt."

„Wow."

„Überhaupt, ich liebe Raubvögel. Hast du ein Lieblingstier?"

Ronny war sich sicher, dass sie jetzt mit Meerschweinchen oder so was anfangen würde.

Aber Fabienne sagte: „Ich liebe diese süßen kleinen Kolibris."

„Kolibris. Ah.", sagte Ronny. Ronny legte den Arm um sie, als sie zum Wagen gingen.

Fabienne

Sie zitterte. Warum das jetzt? Dafür gab es doch keinen Grund. War sie verliebt? Oder verwirrt? Sie zupfte an ihrem T-Shirt herum und sagte: „Danke Ronny. Das freut mich. Omi würde es zu sexy finden. Aber sie ist ja nicht hier."

Ronny lachte. „Nein, deine Omi ist nicht hier. Sonst noch jemand, dem das Kleid gefallen sollte?"

Sie dachte eine Sekunde lang an Noah und vergaß ihn sofort wieder. „Nein. Nur dir und mir."

Ronny drückt ihre Hand ganz leicht. Sie fing an zu schwitzen. Sie war noch nie zuvor verliebt und jetzt sah sie alles rosarot.

Jaydan

Jaydan stand wieder auf seiner Veranda und wartete. Dieses Mädchen war in Gefahr, das sagte ihm sein Instinkt.

Das junge Paar war einfach so verschwunden. Und Alex war sicher nicht verreist. Aber er würde die Polizei nicht einschalten, denn wer würde ihm schon glauben? So ganz ohne Beweis.

Er wartete darauf, dass sie zurückkam. Es dauerte Stunden, aber Jaydan war geduldig. Es eilte nichts in seinem Leben, er hatte Zeit und endlich kam der weiße Jeep aus dem Mangrovenwäldchen heraus und parkte, vor dem hoste. Langsam erhob er sich, ohne Eile, Ronny sollte erst mal im Haus verschwinden so, wie er das immer tat. Dieses Mädchen spazierte Richtung Bungalow, er schritt langsam quer über die Wiese zu ihr hinunter.

„Hallo, ich bin Jaydan, wie heißt du?"

„Fabienne."

„Bist du schon lange auf Jamaika?" „Knapp zwei Wochen." „Und gefällt es dir hier?"

Sie nickte.

„Ihr wart heute in Port Antonio, stimmt`s? Dann wirst du bald weiterreisen. Es gibt noch so viel zu sehen."

„Ja, ich weiß nicht."

„Möchtest du nicht noch nach Montego Bay oder nach Negril?" „In Negril war ich schon."

„Vielleicht möchtest du noch eine andere Insel hier in der Karibik besuchen?"

Fabienne sagte nichts. „Das Hostel hier ist sehr abgelegen, sehr weit draußen. Geh unter junge Leute."

„Aber Ronny ist doch da."

„Ja, Ronny ist da."

Jaydan nickte. Er sah auf, zum Hostel. In der Lounge stand Ronny und starrte zu ihnen herüber.

„Ja, dann viel Spaß noch."

Jaydan stieg den steilen Pfad hoch zu seinem Haus. Er hatte es zumindest versucht. Aber das Mädchen hatte sich schon von Ronny einwickeln lassen, und sich entschieden zu bleiben.

Ronny

Dieser Jaydan, wie er ihn hasste. Aber ihn umzubringen, das würde auffallen. Jaydan war als pushcart driver immer unter Jamaikanern. Wenn er sein Obst nicht lieferte, dann gab es Menschen, die nach ihm fragen würden. Und der Verdacht fiel dann auf ihn. Das würde er nicht riskieren.

Nein, erst würde er Fabienne und den neuen Gästen, zwei Pärchen Cocktails servieren und dann Hand in Hand mit Fabienne zu diesem romantischen Aussichtsplatz spazieren und sie dort die Klippe hinunterstoßen.

Die neuen Gäste

Seine neuen Gäste, zwei Pärchen aus Deutschland hatten es sich in der Lounge bequem gemacht, als er mit Fabienne zurückkam. Und Sebastian kam auf ihn zu und fragte:

„Sag mal Ronny, wo ist eigentlich Alex?"

„Der macht Urlaub in Deutschland."

„Seltsam, ich dachte er hätte alle Brücken dahin abgebrochen."

„Ja, hatte er auch, aber er hat da jetzt eine Online-Dating

Freundin und die besucht er.",
sagte Ronny.

„Aha."

„Ist ja schön für Alex, wenn er
jemanden kennengelernt hat. Wenn
man denkt, was Alex schon alles
mitgemacht hat."

„Was denn?", fragte Fabienne.

„Ja, er war doch in diesem
Kinderheim und dann später die
Geschichte mit seiner Freundin, die
hat ihn sitzen gelassen und da ist
er dann ausgewandert.", sagte
Jacqueline.

„Und, Ronny, woher kennt ihr
beide euch?", fragt Sebastian,
Jacquelines Freund. Ronny drehte
sich weg und holte Gläser aus der
Küche.

„Ja genau, woher kennst du
Alex?", fragte Jaqueline, als Ronny
zurückkam. Sie wiederholte
Sebastians Frage.

„Ja, aus meiner Jugend.", sagte Ronny und wischte mit dem Tuch über die Theke.

„Ah, warst du auch in diesem Heim? Muss ja eine schreckliche Erfahrung gewesen sein.", sagte Laura.

„Ja, jetzt lasst mal.", sagte Tom. „Das ist alles vorbei und es ist ja toll, dass Ronny Alex vertritt."

Die Gäste schlenderten zu ihren Bungalows, genau wie Fabienne.

Ronny nutzte die Zeit in der Küche, drapierte seine Einkäufe auf zwei Platten, stellte sie bereit für das Abendessen.

Abends trudelten alle wieder in der Lounge ein, und ließen sich nieder.

„Essen ist fertig.", sagte Ronny. Er servierte die vorbereiteten Platten mit gegrilltem Fleisch,

Fisch, einen Topf mit jamaikanischem Eintopf.

„Ah, was gibt es denn alles?"

„Gegrilltes Schweinefleisch und dann noch typisch jamaikanisches Huhn und Pattys."

Jacqueline fächelte sich den Duft zu und sagte: „Es riecht köstlich."

Sie biss in ein Patty.

„Hmm. Lecker. Schmeckt wie Cornish Pasty. Sehr gut."

Ronny freute sich.

„Ich habe das Rezept von Jaydan, einem Jamaikaner."

Alle griffen zu und genossen das Essen. Die Stimmung war super entspannt.

Fabienne half Ronny beim Abräumen. In der Küche drückte er sie leicht an sich, spürte ihren weichen Körper und sog ihren Duft nach süßen Blüten ein. Er legte seinen Kopf an ihre Wange und er sagte: „Danke, das war sehr lieb von dir."

Es gefiel ihm, wie sie errötete und verlegen sagte: „Habe ich doch gern gemacht. Warte, ich nehme die Getränke mit.

Ronny wunderte sich. War er mit ihr in einer anderen Welt angekommen? Draußen sangen seine Gäste: Three Little Birds von Bob Marley. Er summte leise mit. „Don`t worry about a thing...". Und dabei war ihm dieses jamaikanische Lebensgefühl so fremd.

Er selbst servierte später die Cocktails.

„Ja, und jetzt gibt es Cocktails für alle."

Laura und Jacqueline kicherten.

„Hoffentlich vertragen wir die."

„Prost.", sagte Sebastian.

„Auf einen schönen Urlaub."

Als Ronny im Haus verschwand, fragte Laura Fabienne:

„Und bist du mit Ronny zusammen?"

„Nicht direkt.", sagte Fabienne und knetete ihre Hände. „Wir verstehen uns ganz gut."

„Wie hast du das Hostel gefunden?", fragte Sebastian. „Es ist ja ein Geheimtipp."

„Ja, eigentlich bin ich auf der Suche nach Freunden."

„Ah."

Ronny kam dazu und sagte:

„Komm Fabienne, lass uns einen Abendspaziergang unternehmen."

Die beiden machten sich auf.

Als sie außer Hörweite waren, sagte Sebastian: „Wisst ihr was, den beiden folgen wir jetzt einfach."

„Hey, du kannst das Date nicht kaputtmachen."

„Ach, quatsch, die passen eh nicht zusammen. Wir machen uns einen riesen Spaß."

Jacqueline atmete tief aus: „Also, bei dieser Fabienne hat man das Gefühl, mit ihrer Naivität kommt die mit jedem klar."

„Ist doch schön, wenn jemand nicht so rum zickt wie du.", sagte Sebastian. „Ronny ist schon ok."

Laura und Tom hielten den Atem an. Aber Jacqueline sagte nur: „Also dann auf geht`s. Folgen wir ihnen unauffällig."

Ronny

Sowie sie die anderen nicht mehr sehen konnten, griff er nach Fabiennes Hand. Sie fühlte sich zart und weich an. Nicht rau und rissig wie seine Hände. Es war, als hielt er etwas kleines Zerbrechliches in seiner Hand, etwas das es zu schützen galt. Und genervt hatte sie ihn den ganzen Abend über nicht mehr. Im Gegenteil, sie himmelte ihn an und das wirkte sich auf seine Gäste aus. Sie nahmen ihn in die Gruppe auf, er gehörte dazu. Anders als sonst, wo sich seine Gäste die Schlüssel holten, die Formalitäten abwickelten und sich dann zurückzogen, bis sie abreisten. Fabienne tauchte ihn in ein anderes Licht und seine Welt hatte plötzlich tausend Farben. Was, wenn er sie einfach behielt, seinen Plan änderte und sie nicht von der Klippe schubste?

Sie kamen am Aussichtspunkt an, als die Sonne am Horizont versank. „Komm setz dich.", sagte er.

Der Aussichtsplatz war umrahmt von Palmen und der Blick aufs Meer grandios. Eine Bank lud ein, sich zu setzen. Allerdings stand sie direkt am Abgrund.

„Bist du dir sicher Ronny?“

„Ich halte dich.“, sagte er.

Fabienne wurde rot, und er genoss es, den Beschützer zu spielen. Von einer Sekunde zur anderen war er ein anderer geworden.

Dann hörte er Gekicher. Seine Gäste tauchten hinter ihnen auf.

„Oh, Ronny, es ist so schön hier. Sie hatten Pappbecher und Rum dabei.

„Lasst uns feiern.“

Und Tom fing wieder an irgendwelche Bob Marley Songs zu trällern. Und alle fielen mit ein. Er hielt die ganze Zeit über ihre Hand. Das war schöner als damals mit Tanja. Es war schön. Irgendwann sagte Jaquelines.

„Eh, Leute, ich bin todmüde. Ich geh schon mal vor.“

Einer nach dem anderen erhob sich bis auf Sebastian, Ronny und Fabienne. Ronny bildete das

Schlusslicht. Da drückte Sebastian sich an Fabienne.

„Oh, mir ist so schlecht." Fabienne wich zurück. Ronny sagte:

„Komm, lass sie, ich mach das." Zu Fabienne sagte er: „Geh schon mal vor."

In der Nacht zum 06. Januar, Fabienne, Hostel Port Antonio

Fabienne atmete erleichtert auf. Ronny war schon richtig super. Das hatte sie nicht von ihm erwartet, aber man durfte eben nicht vorschnell über andere urteilen.

Zurück bei ihrem Bungalow verabschiedete sich Ronny schnell. So schnell, dass Fabienne irritiert war. Bildete sie sich das alles nur ein, wollte er gar nichts von ihr? Etwas ratlos betrat sie ihren Bungalow, verriegelte sorgfältig die Tür und zog die Vorhänge zu.

Fabienne checkte ihre Nachrichten. Wieder nichts von Noah. Und sie legte sich ins Bett, schwebte auf Wolke sieben. Alles war gut, alles rosarot. Sie war aufgewühlt und lag im Bett und wunderte sich über sich selbst.

Erst nach Mitternacht döste sie ein, es musste kurz vor halb zwei sein, als sie ein Geräusch wahrnahm. Es kam von der Tür. Sie starrte hinüber. Im Mondschein sah sie, wie sich die Klinke langsam senkte. Sie hielt den Atem an. Genauso langsam bewegte sie sich in Ausgangsstellung zurück. Sie strengte sich an, ob sie noch etwas hörte. Aber da war nichts. Jetzt war es mit Schlaf überhaupt vorbei. Wer immer das war, er hatte sie zutiefst verstört und erschreckt. Dann tauchte an ihrem Fenster ein Schatten auf. Sie hielt die Luft an, bewegte sich nicht mehr, bis nach Minuten, der Schatten verschwand.

Ob das Ronny war? Jedenfalls verunsicherte sie diese Beobachtung zutiefst.

Sie konnte sich nicht vorstellen, was dieser Mensch hier wollte. Und sie war sich sicher, dass es ein Mensch aus Fleisch und Blut war und kein Gespenst.

Und sie war sich nicht sicher, was das mit Ronny war oder was es werden sollte. Aber sie registriert jetzt, dass sie so gar nichts über ihn wusste, und auch das verunsicherte sie zutiefst.

06. Januar, Port Antonio „Judy´s Farmhouse-Lodge"

Doch als Fabienne aufwachte, freute sie sich darauf, Ronny zu sehen. Sie zog eines ihrer jamaikanischen Sommerkleider an und ging hoch zur Hostel-Lounge.

Auf dem Tisch stand benutztes Geschirr, sie hörte Jacqueline in der Rezeption lachen. Dann steckte Laura den Kopf zur Tür heraus: „Morgen Fabienne, bei uns geht es weiter. Mach`s gut."

Jacqueline drückte sie. „Und lass dir nichts gefallen, von diesem Ronny, hörst du? Am Anfang sind sie alle super nett..."

Fabienne hörte sich sagen: „Schon klar." und „Mach`s gut."

Dann verschwanden die vier in ihrem gemieteten Land Rover und fuhren durch das Mangrovenwäldchen davon.

Ronny kam heraus und brachte Obst mit: „Morgen Fabienne. Du magst doch frisches Obst?"

Sie nickte. „Ja, gerne. Danke Ronny."

Und er drehte sich um und holte einen Strauß Blumen hervor. „Die sind für dich.“

„Oh, danke. Wie komme ich zu der Ehre?“

„Das lief gestern richtig gut mit den neuen Gästen. Ich bin sicher die empfehlen das Hostel weiter.“

„Ah.“

Sie überlegte kurz, ob sie etwas von der vergangenen Nacht erwähnen sollte, beschloss aber, es für sich zu behalten. Ronny verschwand wieder im Haus, Jaydan winkte herüber und sie stand auf und ging, ohne groß zu überlegen, zu seinem Haus. „Morgen Jaydan. Ich wollte dich etwas fragen, zu diesem Hühnchen Rezept, wie legt man es ein?“

„Ich kann dir das Rezept aufs Handy schicken. Ist kein Geheimnis.“

Jaydan lachte und zeigte seine makellosen weißen Zähne. Doch sein Lachen erstarb. „Ich glaube Ronny möchte dass du rüberkommst."

„Oh." Sie drehte sich um. Ronny stand im Türrahmen der Eingangstür, sah herüber und winkte ihr.

„Ja, dann muss ich wohl.", sagte sie.

„Sieht so aus."

Jaydan atmete tief aus. Das wäre die Gelegenheit gewesen, sie zu warnen. Warum hatte er es nicht getan? Er ärgerte sich über sich selbst.

Andererseits, das Hostel verlassen, das war ihre Entscheidung. Und die konnte sie selbst treffen.

Und doch wusste er, dass er nicht zuschauen durfte, wie sie in ihr Verderben rannte. Sie war so jung und so ahnungslos.

Ronny

Er hatte sie nur aus den Augenwinkeln weggehen sehen, und dann stand sie bei JAYDAN in der Veranda und unterhielt sich mit ihm. Mit JAYDAN. Er konnte es nicht glauben. Er starrte hinüber, aber sie bemerkte es nicht. Erst als Jaydan sie auf ihn aufmerksam machte, setzte sie sich in Bewegung. Es hatte ihn ins Mark getroffen. Er hatte *ihr* vertraut.

Und was machte sie?

Sie war wie alle anderen.

Wie hatte er glauben können, dass sie anders war und dass er ihr vertrauen konnte. War es ihr unschuldiges Lächeln? Sie würde sich wundern. Die bunte Glitzerwelt zerbrach in tausend Stücke. Er war wieder in der grauen harten Welt, in der Wahrheit – du darfst

niemandem vertrauen – angekommen.
Alles war wie immer.

Gleich war sie bei ihm. Er würde ihr zeigen, wer er wirklich war. Aber noch nicht jetzt.

„Ach, Fabienne, gut dass du da bist, ich brauche deine Hilfe."

„Ja, gerne."

Er holte sich einen Hammer und Nägel. „Ich weiß nicht, in welcher Höhe ich das Bild aufhängen soll."

Er zeigte es an der Wand an. Auf dem Bild war ein Adler, der in den Lüften kreiste.

„Hier ich denke, da." Sie deutete den Punkt an der Wand an. „Danke, du bist ein Schatz."

Er wunderte sich, wie echt das klang. Als sei sie sein Schatz. Ob Jaydan ihr etwas von Verena und Frank erzählt hatte?

„Und was hattet ihr so Wichtiges zu reden?"

„Jaydan schickt mir das Rezept für das Hühnchen."

„Also, das hättest du von mir auch haben können." Er klang entrüstet.

„Ja, ich habe gehofft noch mehr Rezepte abzustauben."

„Ah, meine Fabienne. Sehr schlau."

Er berührte leicht ihre Hand, als er das Werkzeug zurücklegte.

„Möchtest du mit mir morgen in die Blue Mountains fahren?", fragte er sie.

„Gute Frage, ich denke darüber nach."

Ronny unterdrückte seine Wut. „Ja, sag einfach Bescheid." Dann fiel sein Blick auf die Kaffeemaschine.

„Wusstest du, dass man in den Blue Mountains den weltbesten Kaffee anbaut?"

Fabienne sah ihn interessiert an. „Nein, noch nie davon gehört."

„Wir könnten zu dieser Plantage gehen und man kann dort günstiger, besser kaufen als im Supermarkt. Glaub mir."

„Das hört sich interessant an. Ich komme mit."

„Das freut mich."

Ronny lächelte sie an.

Fabienne

„Ich gehe nachher zum Strand. Kommst du mit?"

„Leider nein, ich muss arbeiten."

„Ok."

Einerseits war sie froh allein zu sein, andererseits wo war das schöne Gefühl von gestern hin?

Irgendwas hatte sich zwischen ihnen verändert.

Das spürte sie ganz deutlich, aber warum? Wegen Jaydan? War Ronny eifersüchtig? Vielleicht sollte sie diese ganze Sache hier mit Ronny in guter Erinnerung behalten, aber als Urlaubsliebe abhaken?

Schließlich wollte sie wieder nach Hause, den Urlaub noch mal verlängern, das traute sie sich nicht. Nicht nachdem sie nichts erreicht hatte. Noah lag anscheinend richtig mit seiner Einschätzung: „So einfach ist das alles nicht."

Überhaupt sollte sie sich mal um die Abreise kümmern und einen Flug buchen und da war doch auch noch die Sache mit diesem abgelaufenen Ausreisedatum. Sie brauchte ihren Pass von Ronny zurück. Sie musste ihn unbedingt darauf ansprechen. Aber vorher würde sie noch mal das Strandleben genießen.

Es gab immer noch keine Nachricht von Noah. Also schrieb sie ihm: Fahre morgen noch mit Ronny in die

Blue Mountains und kümmere mich dann um meinen Rückflug.

Wenn sie daran dachte, dann wollte sie am liebsten sofort zurückfliegen und die blauen Berge, blaue Berge sein lassen. Aber sie hatte schon zugesagt und wollte jetzt keinen Rückzieher machen. Ronny war schon ok. Es hatte schließlich jeder seine Macken.

06. Januar, Noah in München, Feiertag

Es war halb zehn durch, er holte sich einen Kaffee und setzte sich vor den Rechner.

Immer wieder musste er an Fabienne denken und diesen Alex. Wo war der abgeblieben? In Deutschland war er jedenfalls nicht. Wie hieß dieses Kinderheim, in dem Alex aufgewachsen war gleich noch mal?

Er blätterte in seinen Notizen. Da stand es doch:

„Kinder- und Jugendhilfe Steindorf" das hörte sich nach Fuchs, Hase, Gute-Nacht an, wie man so schön sagte. Er gab es ins Internet ein und erhielt tatsächlich einen Treffer: „Ehemaligen Verein Kinderhaus Steindorf". Vorsitzende: Susanne Wieser.

Mit E-Mail - Adresse. Die schrieb er mal an:

„Hallo, ich würde gerne Kontakt zu Alex aufnehmen. Er betreibt ein Hostel in Jamaika und der Kontakt ist leider abgerissen."

Die Antwort kam prompt. „Können wir telefonieren?"

„Ja."

„Hallo hier Susanne, du hast mich angeschrieben."

„Ja, es geht mir um Alex?"

„Wir haben viele die Alex hießen, was weißt du sonst noch?" „Er war mit Ronny befreundet."

In der Leitung wurde es still.

„Dieser Alex."

„Ja. Warum?"

„Also, er hatte keine Angehörigen mehr. Vater unbekannt, seine Mutter Alkoholikerin ist vor zwei Jahren gestorben. Sonst war da niemand. Ich weiß es so genau, weil ich mit Alex in einem Jahrgang war."

„Ok. Ich frage, weil er angeblich Verwandte in Deutschland besucht."

„Sicher nicht, und seine Ex-Freundin, ist fremdgegangen mit seinem besten Freund. Wir haben darüber gesprochen, bevor er nach Jamaika ging."

„War der beste Freund Ronny?"

„Ronny war nie sein bester Freund. Ronny war zwei Jahre jünger und wurde gemobbt. Alex hat ihn immer in Schutz genommen, bis...

Also dieser Ronny, war immer schon seltsam."

„Äh bis was?"

„Diese Sache mit Tanja passierte."

„Tanja?"

„Ja, Ronnys Freundin, die ist auf einem zugefrorenen See eingebrochen und ertrunken. Ronny stand dabei, konnte ihr aber nicht mehr helfen. Ein schreckliches Unglück. Ging damals durch alle Zeitungen."

Sie machte Pause. „Ja, das war die Zeit, in der wir alle erwachsen wurden und jeder seiner Wege ging."

„Danke nochmal."

„Du kannst mich jederzeit wieder anrufen. Tschüss."

Noah lehnte sich zurück, tippte „Tanja, in See eingebrochen" in den Computer.

Es kamen zwei Meldungen über dieses Unglück. Mit Fotos von Ronny und Tanja. Das alles lag 15 Jahre zurück. Ronny war jetzt 30. Er jagte sein Foto durch den Computer und bekam ein aktuelles Foto von Ronny zurück. Ein seltsamer Typ, aber ob die Software so gut war? Das war ein Fall, da konnte man zweifeln.

Er sah auf sein Handy. Da war eine Nachricht von Fabienne. Er atmete erleichtert auf. Sie würde den Urlaub beenden und heimkommen.

Er ersparte sich weitere Recherchen zu Ronny. Alles war gut. Und vielleicht hatte dieser Alex ja eine Internetbekanntschaft gemacht. Und war nicht nach Deutschland gefahren, sondern irgendwo anders hin.

Seltsam war nur, dass sich auf Alex` Facebook-Account seit geraumer Zeit nichts mehr tat.

Aber das ließ sich ja feststellen. Er schickte ihm einfach mal eine Freundschaftsanfrage. Er verglich den Account mit der Hostel-Website. Und eines hatten beide Seiten gemeinsam:

Von Alex war, seit Ronny das Hostel übernommen hatte, nichts mehr zu finden.

Wenn Alex irgendwo Urlaub machte, denn würde er doch aktuelle Fotos posten? Das machten doch alle so. Wohin war Alex verschwunden? Es konnte alles ganz harmlos sein.

Noah beschloss, die Sache für heute auf sich beruhen zu lassen. Und Fabienne war ja bald zurück.

06. Januar, Fabienne, „Judy´s Farmhouse-Lodge"

Abends setzte sie sich zu Ronny in die Lounge. Sie tranken zusammen ein Bier.

„Es kann nicht jeden Tag Cocktails geben.", sagte Ronny und sie stimmte ihm zu. Aber die Leichtigkeit und das warme weiche Gefühl, vom Abend vorher wollten sich nicht einstellen.

Also fragte sie ihn einfach mal: „Und wie ist das bei dir mit Familie und so? Vermissen die dich nicht, wenn du so um die Welt reist?" Für den Bruchteil einer Sekunde veränderte sich der Ausdruck in seinem Gesicht. Es ging so schnell, dass Fabienne sich nicht sicher war, ob sie wirklich diesen Hass gesehen hatte oder ob das Einbildung war. „Ach weißt du, ich habe nur eine lockere Bindung an meine Familie, bei uns geht jeder seiner Wege." Sie spürte, dass sie einen wunden Punkt getroffen hatte, und fragt lieber nach den Blue Moutains.

„Und warst du schon mal in den Blue Mountains?"

Ronny nickte. „Ja, und es war super schön, du wirst staunen, es ist kühler als hier, also viel angenehmer von den Temperaturen und es sind schöne Wanderwege. Allerdings geht es steil bergauf. Zieh gute Schuhe an, wenn wir morgen starten."

„Und wie lange werden wir unterwegs sein?"

„Ach, wir fahren eine gute halbe Stunde und dann gehen wir noch knapp zwei Stunden einfach. Also vier Stunden Gehzeit insgesamt."

Ronny nahm einen Schluck Bier. „Schaffst du das?"

„Ja, wird schon gehen."

„Das denke ich auch.", sagte Ronny.

„Du bist ja fit."

„Dann gehe ich heute früher schlafen.", sagte sie.

„Ja, mach das." Ronny nickte ihr zu.

Fabienne verschwand im Bungalow, löschte das Licht und setzte sich aufs Bett. Warum zitterte sie so sehr? Was war los? Es konnte nur mit dem Ausflug zusammenhängen. Irgendwie wollte sie da nicht hin. Sie zog die Beine an und dachte nach. Nur noch dieser eine Ausflug, dann würde sie ihren Passverlangen und abreisen. So früh wie möglich.

Sie schlief schlecht ein und wachte immer wieder auf. Es war Zeit zu gehen.

Sie schrieb Oma eine Nachricht. „Bin bald wieder daheim und freue mich sehr."

Und Noah schrieb sie: „Die Spur
ist versandet. Bis bald.“

07. Januar, „Judy´s Farmhouse-Lodge, Fabienne

Als sie erwachte, war sie
schweißgebadet. Sie hatte
irgendetwas Verworrenes geträumt,
konnte sich aber an nichts
erinnern. Sie ging duschen und
packte alle ihre Sachen in den
Kosmetikbeutel, sammelte ihre
Stifte und Zeichnungen ein, packte
alles sorgfältig in eine
Zeitschrift, damit sie die
Rückreise gut überstanden. Sie zog
eine ihrer Cargohosen an, die sie
dabei hatte, machte ihre
Fingernägel und steckte die
Plastikfolie samt Schere
gedankenverloren in die aufgenähte
Tasche am Bein. Dann lief sie zum

Hostel und wurde von Ronny bereits erwartet.

„Guten Morgen meine Liebe. Hier gibt es Kaffee, aber es ist ganz normaler Kaffee. Ich denke wir gönnen uns ein paar Packungen. Und dann machen wir ein Kaffee-Tasting damit du den Unterschied schmeckst."

Fabienne nickte. „Du, ich brauche meinen Paß mal wieder zurück, ich muss mich jetzt mal um meinen Rückflug kümmern." „Ja, sicher, machen wir wenn wir zurückkommen."

Er legte die Hand auf ihre Schulter. „Das mit dem Ausreisestempel kriegen wir schon hin. Mach dir keine Sorgen."

Sie lächelte verlegen.

„Komm laß uns fahren."

Er sperrte das Hostel ab, und sie gingen zum Jeep. Fabienne stieg ein und sie hatte ein mulmiges Gefühl in der Magengegend. Am liebsten wäre sie ausgestiegen und weggelaufen. Aber sie blieb tapfer sitzen.

Jaydan winkte ihnen von seiner Veranda aus zu. Sie winkte zurück.

„Der gute Jaydan.", sagte Ronny, als er den Wagen durchs Mangrovenwäldchen lenkte.

„Und wie ist es, willst du nicht für immer hier bleiben?", fragte er sie. Fabienne atmete tief durch.

„Ja, wie ist es denn bei dir Ronny, was gefällt dir am meisten auf Jamaika?"

Er lächelte. „Da muss ich nicht lange nachdenken. Es ist die Ruhe und der Frieden hier."

Die Straße führte sie erst an der Küste entlang, dann durch das üppige Grün Jamaikas, bis der Wald immer dichter wurde, und es über Serpentinen steil bergan in den „Blue and John Crow Mountains National Park" ging.

Fabienne war beeindruckt und schwankte zwischen Faszination und Angst. Aber woher kam diese Angst? Dann wurde es ihr klar. Sie hatte Ronnys Gepäck die ganze Zeit über gesehen. Er hatte eine Hacke dabei, einen Spaten, ein langes Messer. „Wozu brauchst du das Zeug dahinten?"

„Oh, du weißt doch, das ist hier Urwald und die Straßen sind fürchterlich schlecht."

„Ah, ja." Das war eine Erklärung und trotzdem blieb die Angst und wurde zu einem Teil von ihr.

Sie parkten auf einem Schotterparkplatz. Außer ihnen war hier keine Menschenseele. Sie hörte die Vögel, ein Rascheln im Gebüsch. Hier gab es nur Tiere.

„So dann wollen wir mal."

Ronny packte zwei Flaschen Wasser in den Rucksack und das

Messer. Er ging voraus. Fabienne musste sich anstrengen sein Tempo durchzuhalten.

Dann endlich sagte er: „Da oben ist die Farm, geh mal hin und kaufe für mich auch drei Packungen. Er hielt ihr zwei Geldscheine hin.“

„Ok. Warum kommst du nicht mit?“

„Ich hole mir hier ein paar Hibiskus Stecklinge für den Garten. Ok? Aber ich kann natürlich auch mitkommen, wenn dir das lieber ist.“

„Danke, ist schon ok.“

Der Pfad war schmal und steil, aber die Plantage in Sichtweite. Je weiter sie sich von Ronny entfernte umso ruhiger wurde sie. Und in diesem Augenblick war ihr klar, was oder wer die Angst auslöste. Es war Ronny.

Er war ihr unheimlich. Die Farm hatte ein Café und sie beschloss, sich hier erst mal zu setzen und ihre Gedanken zu sortieren. Sie versuchte Noah anzuschreiben. Aber es gab kein Netz. Eine junge Jamaikanerin brachte ihren Kaffee und sie probierte ihn. Er schmeckte anders: mild und fruchtig und ein wenig nach Nuss. Sie ließ sich Zeit, hier oben war es zu warm für ihren roten Sweater, sie zog ihn aus und legte ihn sich über die Schulter. Als die den Kaffee bezahlte, legte sie ihn auf dem Tresen ab, sie sah auf die Uhr, so spät. Sie musste zurück. Hektisch stopfte sie die Kaffeepackungen, die ihr gerade noch so wertvoll erschienen, in den Rucksack. Dabei fiel ihre rosarote Brille heraus, aber sie merkte es nicht. Sie lief los, Richtung Ronny. Denn was blieb ihr anderes übrig.

Wo war er überhaupt? Dann sah sie ihn stehen, und fürchtete sich einfach nur, ohne zu wissen warum. Er stand doch nur da.

Sie setzte einen Fuß vor den anderen. Schritt für Schritt näherte sie sich ihm.

Er winkte sie heran. Sie folgte ihm, als hätte sie keinen eigenen Willen.

„Komm, Fabienne, komm."

„Aber wir gehen doch vom Weg ab."

„Das ist eine Abkürzung. Sie folgte ihm immer weiter in den Wald, dann blieb sie stehen.

„Aber wir verlaufen uns doch. Noch einen Schritt weiter und ich schreie."

„Ach Fabienne. Hier hört dich doch niemand."

Dann sah sie das Messer blitzen. Er lächelte und dann verzog sich sein Gesicht.

„Hallo Sie da!"

Da rief jemand. Fabienne drehte sich um. Der junge Mann schwenkte ihren Sweater durch die Luft.

„Den haben Sie oben vergessen."

Der junge Mann war größer als Ronny und sah trainiert aus. „Haben Sie sich verlaufen? Ja, da geht es nicht weiter." „Ehm. Sieht so aus."

Ronny schnitt zwei Stecklinge ab und packte sie ein. Er sagte zu diesem Backpacker: „Ich heiße Ronny". „Sam." Der Backpacker lief hinter Ronny her zum Parkplatz. Fabienne folgte den beiden. Sie war erleichtert, dass sie nicht mit Ronny allein war.

„Ah, ihr Wagen? Könnten Sie mich mitnehmen? Wohin fahren Sie?"

„Port Antonio und ein Stück weiter. Ich habe ein Hostel am Berg."

„Das passt." Ohne abzuwarten, schnallte er seinen Rucksack ab und setzte sich auf den Beifahrersitz."

Fabienne drückte sich auf die Rückbank.

Ronny

Er fuhr los. Was fiel diesem Typen ein. Aber im Zweikampf gegen diesen Muskeltypen hätte er keine Chance. Fabienne entkam ihm nicht. Das stand fest und er war sich noch nicht einmal sicher, ob sie wirklich wusste, was er vorhatte.

Der Typ schwärmte von Jamaika und seinen Wanderungen, redete ohne Pause. Praktisch, er brauchte nichts sagen und Fabienne kam nicht dazu. Und trotzdem ärgerte er sich, als der Typ sagte: „Ja, ja, da oben muss man schon aufpassen, wenn man irgendwelchen Leuten mit Drogen in die Quere kommt, das ist gefährlich."

Zurück in Port Antonio sagte er: „Hier wären wir." Der Backpacker bedankte sich und stieg aus. Ronny fuhr sofort wieder an, auf direktem Weg zum Hostel.

Fabienne

Am liebsten wäre Fabienne ebenfalls in Port Antonio ausgestiegen, doch ihr Pass lag oben in Ronnys Hostel. Keine Chance. Sie musste mit. Ihr Magen zog sich wieder zusammen. Nur noch eine Nacht. Nur noch eine Nacht musst du durchhalten.

„Sag mal Fabienne, wie kannst du denn nur deinen Sweater liegen lassen? Du bist doch keine zwölf mehr. Kann man dich denn gar nicht allein lassen?"

Fabienne schluckte. „Ronny es tut mir leid, ich möchte jetzt meinen Paß haben."

„Später Fabienne, später. Erst muss ich den Wagen ausladen."

Fabienne schluckte. „Ich geh schon mal rein."

Sie war fest entschlossen ihren Pass an sich zu nehmen. Sie ging zum Tresen an der Rezeption und sah die Schubladen durch. Kein Pass. Nur das Gästebuch. Sie holte es heraus, blätterte nach vorne. Da war es. Verena und Frank. Sie hatten einen Tag vor ihr hier eingecheckt und für eine Woche bezahlt. Ihr wurde ganz schlecht. Vielleicht war es nur ein Unfall, dachte sie sich. Und dabei wusste sie ganz genau, dass die beiden nicht von der Strömung hinausgezogen wurden, dass es kein Badeunfall war.

Sie fotografierte den Eintrag, legte das Buch zurück und sah sich um. Die Tür zum Keller kannte sie und wohin führte die andere? Sie machte auf und riss die Augen auf. Da standen zwei Reisetaschen. Sie sah den Anhänger an. Verena und Frank Bennert. Die beiden waren nie abgereist, das war der Beweis. Das war Verenas Shopper, sie öffnete sie. Ein Laptop, ein Notizbuch, ein Handy. Sie steckte das Handy ein und schob den Laptop samt Notizbuch in ihren Rucksack, und schloss die Tür wieder. Sie holte sich ein Glas Wasser und starrte an die Wand, als Ronny hereinkam. Ronny betrachtete sie amüsiert. „Möchte sich die Dame nicht ein wenig frisch machen? Wir haben warmes Wasser im Bungalow."

„Ja." Fabienne nickte. „Eine Dusche täte mir sicher gut."

„Dann geh."

Sie zuckte zusammen. Der Ton hatte sich verändert. Er schickte sie durch die Gegend, als wäre sie sein Haustier. Aber vermutlich behandelte er seinen Bussard mit mehr Respekt als sie.

Im Hinausgehen griff sie sich eine alte Tageszeitung, die Laura und die anderen hatten liegenlassen.

Sie ging langsam zu ihrem Bungalow. Was sollte das alles hier werden? Sie hatte mit einem Mal keine Kraft mehr. Sie sperrte ab und legte sich so, wie sie war, aufs Bett. Tränen liefen aus ihren Augen, ohne dass sie es spürte.

Ihr Leben hatte sich zu einem Albtraum entwickelt. Wie konnte das passieren?

Sie wollte Noah anrufen, aber ihr Handy hatte keinen Akku mehr, sie suchte hektisch das Ladekabel und fand es im Koffer. Sie steckte es an, zitterte am ganzen Körper. Ruhig bleiben Fabienne. So wird das nichts. Sie duschte, zog sich ein frisches T-Shirt an und obwohl es warm war, den roten Sweater. In ihm fühlte sie sich stärker, weniger verwundbar. Dann blätterte sie die Zeitung durch und erschrak. Das Foto. Das waren Verena und Frank.

Sie las den Text. Die beiden Leichen waren ans Ufer gespült worden, Fischer fanden sie in der Nähe des Leuchtturms. Und sie waren mit Eisenteilen beschwert, daher war man sich sicher, dass sie ermordet wurden. Sie waren tot, bevor man sie ins Wasser warf. Fabienne fing wieder an zu zittern. Ronny hatte ein Boot und er fuhr gerne raus in die Bucht, beinahe bis rüber zum Leuchtturm, das hatte er ihr am ersten Abend erzählt.

Ihr fiel Verenas Laptop und das Handy wieder ein. Sie lud erst einmal, das Handy. Kaum war es aufgeladen, läutete es auch schon. Sie zögerte einen Moment, sollte sie das Gespräch annehmen? Im schlimmsten Fall war es Ronny, der bemerkt hatte, dass sie es hatte. Aber sie ging ran.

„Hallo hier ist Celine, Verena, warum meldest du dich nicht."

Sie legte auf, öffnete die Tür und sah hoch zum Hostel. Ronny turnte auf dem Dach herum und schien irgendwelche Platten festzunageln. Sie hatte noch Zeit, jetzt kam der Laptop. Sie blätterte das Notizheft durch und fand ein Passwort. Oder was sollte „Chan1984tal" sonst bedeuten?

Da gab es eine geschützte Datei. Die letzte geöffnete Datei, die musste es sein. Sie versuchte es und fand die Bankdaten. Omis Geld! Für einen Moment hätte sie schreien können vor Glück. Aber sie nahm sich zusammen. Ronny durfte nichts merken. Sie schrieb Noah von Verenas E-Mail Account aus.

„Auf diesem Rechner sind Daten drauf." Sie packte die Datei in den

Anhang. „Passwort für die Datei ist „Chan1984tal". Es gibt Daten zu den Bankkonten. Die beiden sind.."

„Fabienne?"

„Ja, Moment Ronny, komme."

Sie drückte auf senden, stellte den Rechner auf den Boden, sodass er von der Tür aus nicht zu sehen war. Sie öffnete Ronny.

„Alles klar bei dir? Ja?"

„Ja, ja." Sie wurde rot. „Ich komme nachher hoch. Ich will noch ein wenig aufräumen."

Ronny gab ein meckerndes Lachen von sich. „Nein, nein, du kommst jetzt mit.

„Aber.."

„Komm, wir grillen. Es gibt Reis, Pattis und ein wenig Obst."

Sie folgte zum Haupthaus. Sie schüttelte sich. Hoffentlich las Noah die Nachricht.

Ronny

Am Haupthaus angekommen sagte er zu Fabienne:

„Fabienne, unten im Keller beim Gefrierschrank steht das Bier. Würdest du uns welches holen?"

Er war sich sicher, dass sie nicht widerstehen konnte und den Gefrierschrank öffnen würde. Er war gespannt auf ihr Gesicht, wenn sie wieder hochkam. Oder sie fiel gleich im Keller in Ohnmacht. Er grinste, als er das Obst auf den Teller legte und wartete auf ihren Entsetzensschrei, aber der kam nicht.

Hatte sie den Schrank nicht geöffnet? Er war völlig perplex, damit hatte er nicht gerechnet. Sollte er deutlicher werden?

Er konnte ja mal sein Tagebuch herumliegen lassen. Vielleicht würde er es ihr Morgen zum Frühstück servieren. Auf nüchternen Magen las sich das besonders gut.

Er studierte ihr Gesicht. Sie sah ein wenig blass aus. Aber das konnte die anstrengende Wanderung verursacht haben.

Er legte ihr Salat, Reis und ein wenig Fisch auf den Teller. „Lasse es dir schmecken. Und später kümmern wir uns um deinen Pass."

„Ok." Sie stocherte im Essen herum.

„Und schmeckt es dir nicht?"

„Doch doch, ich glaube ich habe Heimweh."

„So, so. Ich dachte schon, du hast Angst, dass ich dich vergiften könnte."

„Aber Ronny, du doch nicht."

Hä, hatte sie wirklich nichts gemerkt? Dann war sie blöder, als er dachte.

Morgen würde sie es schon merken. Morgen.

Sie lächelte ihn an. Sie vertraute ihm immer noch. Was ein Wunder.

Wann würde sie es endlich merken? Aber dann konnte er sich nicht mehr zurückhalten und fragte sie: „Und hast du ihn gesehen?"

München, die Nacht vom 7. Januar auf den 8. Januar, Noah

Es war spät, als Noah nach Hause kam. Er war mit seinen Kollegen unterwegs, sie hatten Kevins 30. Geburtstag gefeiert. Jetzt wollte er nur noch schlafen.

Da sah er Fabiennes Nachricht. „Hier sind Daten drauf. Passwort für die Datei ist Chan1984tal". Es gibt Daten zu den Bankkonten. Die beiden sind.."

Was war das für ein Rechner? Wie bitte, da waren Daten zum Geld drauf?

Er war mit einem Schlag nüchtern. Wie hatte sie das gemacht? Er rief sie an. Aber sie ging nicht ran.

Ok, erst mal Daten ansehen, dann weitersehen. Vielleicht war auch alles in Ordnung und sie hatte die Polizei schon eingeschaltet. Ein schöner Erfolg.

Trotzdem änderte er erst mal noch das Passwort auf dem anderen Rechner und sperrte ihn. Fabienne konnte ihn dann zwar nicht mehr benutzen, aber sonst auch niemand. Sicher war sicher.

In das Hochgefühl mischte sich ein dumpfes Gefühl in der Magengegend. Warum meldete

Fabienne sich nicht? Und warum endete ihre Nachricht mitten im Satz? Oder war Fabienne einfach nur schusselig? Aber irgendwie passte das nicht zu ihr. Noah gähnte und kroch in sein Bett, sein Körper verlangte Ruhe.

07. Januar, Celine, Negril

Das war ungeheuerlich. Da hob Verena ab und sagte kein Wort. Würde Verena das tun? Sie überlegte hin und her. Fabienne hatte Verena noch nicht gefunden, sonst wäre die Geschichte längst in den Nachrichten gelaufen, so was wie „Die Betrüger im Urlaubsparadies geschnappt". Aber da war nichts. Ob sie Fabienne kontaktieren sollte? Nein, was für ein Gedanke. Aber sie würde sich umsehen und umhören. In

Kingston, in dieser Tanzschule. Wenn Fabienne diese Tanzschule gefunden hatte, dann würde sie Verena auch finden. Celine beschloss sich die Nummer von Fabiennes Adresse in Deutschland zu holen. Vielleicht ließ sich ja Fabiennes Omi Informationen entlocken.

Um die Mittagszeit war die Rezeption normalerweise nicht durchgehend besetzt. Die ideale Zeit sich die Daten von Fabienne aus dem Computer zu holen.

Aber ausgerechnet heute blieb Jada vor Ort. Sie sah auf die Uhr. Es wurde Zeit, in Deutschland wurde es schon 18.00 Uhr. Und Celine fragte einfach: „Äh, Jada, hast du die Telefonnummer von Fabienne in Deutschland?"

Jada runzelte die Stirn. „Bist du mit Fabienne jetzt auch „Best-Friend-for-ever" oder was? Ich dachte, du kannst sie nicht leiden?"

Celine atmete aus. Nur ruhig. „Ja, sie ist schon seltsam, aber ich habe ihr versprochen, die Daten von einem Yoga-Workshop in ihrer Nähe zu geben."

Jada stellte sich stur. „Ja, du weißt ja, dass ich keine Daten rausgeben darf."

„Jetzt komm schon." Jada zögerte immer noch. „Ich habe auch Freikarten für dieses Festival nächstes Wochenende. Wenn du welche brauchst? Ja?"

„Hm, ja. Da wäre ich schon gerne." Sie sah sich um. „Ach, weißt du, ich brauche ein Glas Wasser. Bleibst du eben mal hier? Ja?" Celine lächelte.

„Ich bringe dir die Karten nachher vorbei."

Sie wischte hinter die Theke und öffnete die Gästedatei. Hier waren ihre Adressdaten in München und eine Festnetznummer. Sie schrieb sie auf und machte die Datei zu. Jada kam zurück. Die bunten Perlenarmbänder blitzen unter dem Blazer hervor, als sie das Glas abstellte. „Und wie sieht es aus?" „Immer gut."

Celine verschwand in ihrem Appartement. Jetzt kam es darauf an. Wenn diese Omi wusste, wo Fabienne war, sparte sie jede Menge Zeit.

Sie wählte die Nummer, es tutete. Keiner ging ran. Was machte die alte Dame um diese Zeit? Sie wollte schon auflegen, da hörte sie: „Wellenbrink."

„Celine. Könnte ich bitte Fabienne sprechen?"

„Tut mir leid, Fabienne ist im Urlaub."

„Ja, darum geht es, wir haben uns im Resort auf Jamaika kennengelernt, aber sie ist weitergereist. Wissen Sie zufällig wo sie ist?“

„Ah, das ist, warten Sie mir, Fabienne hat etwas von Kingston erzählt.“

Celine wippte ungeduldig mit den Zehen. „Ja?“

„Aber da ist sie nicht mehr. Sie ist in ein Hostel gefahren bei Port Antonio. Aber ich finde die Adresse gerade nicht. Und überhaupt sie meldet sich seit zwei Tagen nicht mehr. Ich bin schon ganz besorgt. Eigentlich wollte sie längst zurückfliegen.“

Celine schluckte. „Es wird ihr doch nichts passiert sein?“ Diese Omi klang besorgt und angespannt. „Jetzt machen Sie sich mal keine Sorgen Frau Wellenbrink, ich bin auf Jamaika und ich könnte ja mal bei diesem Hostel vorbeifahren. Aber, sagen Sie Fabienne nichts davon, wenn sie zwischendurch anruft. Es soll eine Überraschung werden."

„Ja, gerne." Die Omi klang erleichtert. „Dann einen schönen Abend noch."

Sie war ein Stück weiter, aber wusste immer noch nicht, wo sie suchen sollte. Port Antonio. Vielleicht sollte sie da beginnen. Port Antonio, das waren knapp 280 km, fast fünf Stunden mit dem Auto, sechs Stunden mit dem Bus und das kam nicht infrage. Und wann sollte sie das machen? Sie hatte täglich Yogastunden abzuhalten. So stand es im Vertrag, aber sie konnte die Stunden verschieben. Eine Sonnenaufgangsstunde und am nächsten Tag eine Sonnenuntergangstunde. Dann hatte sie Zeit genug und würde es als das

Achtsamkeitsprojekt der Woche vermarkten. Und dann war da noch eine Frage. In welchem Hostel fand sie Fabienne und Verena?

07. Januar, „Judy`s Farmhouse-Lodge", Fabienne

„Nein, ich habe Jaydan nicht gesehen."

„Aber wer spricht denn von Jaydan? Nein meine Liebe, ich dachte an unseren Gastgeber. Er ist ein wenig unterkühlt der Gute."

Was meinte er? Fabienne schüttelte sich. Hatte er diesen Alex in den Keller gesperrt? Sie traute ihm alles zu.

Er griff nach ihrer Hand.

„Und Jaydan ist übrigens weggefahren."

Fabienne wurde schlecht. War das so, oder log Ronny sie jetzt einfach an?

„Wir beide sind ganz allein hier oben in der Einsamkeit."

Er ließ ihre Hand los. „Genieße es. Und übrigens. Ich habe dein Handy an mich genommen. Du brauchst es ja nicht."

Fabienne durchfuhr ein heißer Schmerz, warum hatte sie es vorhin in der Küche aus der Hosentasche genommen und einfach liegengelassen. Sie hätte sich grün und blau ärgern können, aber jetzt war es zu spät.

„Möchtest du mir nicht zeigen, mit wem du zuletzt geschrieben hast?" Ronny belauerte sie.

„Ach weißt, du das Netz ist hier so schlecht. Das ist schon länger her.", antwortete Fabienne.

Er sah sie scharf an. „Wehe, wenn du mich anlügst." Aber er ließ es auf sich beruhen.

„Komm mit.", sagte Ronny.

„Wohin?"

„Ich muss doch meinen Vogel füttern."

„Den Bussard.", sagte Fabienne.

„Ja genau. Und du darfst dabei zusehen."

Wo hatte Ronny immer das frische Fleisch her? So oft fuhr er doch gar nicht in die Stadt.

Er schnipselte ein Stück in Streifen und warf es in einen kleinen Eimer.

„Los." Sie folgte ihm ein Stück bergan. Der Blick über die Bucht war schön, aber dieses grüne Paradies hatte sich für sie in eine Hölle verwandelt, das türkisblaue Wasser in eine tödliche Gefahr.

„Weißt du was mich am meisten an diesen Raubvögeln fasziniert?", fragte er sie.

Fabienne schüttelte den Kopf. „Sie kreisen hoch oben am Himmel, und dann stoßen sie herunter und schlagen ihre Beute, die Sekunden vorher noch nichts von der Gefahr ahnte, in der es sich befand."

Fabienne schluckte.

„Ja, ja, du bist auch so ein kleines Mäuschen. Das sich am liebsten verkriechen würde."

Er sah sie an und es gruselte sie.

„Aber dafür könnte es schon zu spät sein."

Fabienne schüttelte es. Dann riss sie sich zusammen. „Wollten heute nicht neue Gäste kommen?"

„Wie?" Ronny sah sie erschrocken an.

„Woher weißt du? Ah, *sie war* an meinem Gästebuch."

Er legte seine Hände auf ihre Schultern, gefährlich nah an ihren Hals. „Aber das darf sie doch nicht."

Er ließ sie los, nahm den Eimer auf, und verschloss die Voliere.

Morgen würde er ihn wieder fliegen lassen, ihn beobachten, wie er durch die Lüfte flog. Da erinnerte er sich wieder an Fabienne und dieses Bild mit der Maus.

Er stapfte vor ihr her. „Weißt du Fabienne. Als ich ein Kind war besuchte ich einmal meinen Onkel Alfred. Er hatte eine Katze. Und einmal brachte sie eine Maus mit auf die Terrasse. Ich konnte die beiden vom Wohnzimmerfenster aus beobachten. Erst jagte sie die Maus, dann schnappte sie sie. Es tat der Maus ein wenig weh, aber sie war nicht wirklich verletzt. Nur geschockt, und dann ließ die Katze sie los. Und ging weg. Ich war ein wenig enttäuscht, denn wer lässt sein Opfer einfach frei? Aber dann bemerkte ich, wie diese Maus zitterte mit dem ganzen Körper, vor Angst. Und sie rührte sich keinen Zentimeter von der Stelle. Bis die Katze wieder kam und ihr Werk vollendete." Er drehte sich zu ihr um. „Dabei wäre es so einfach gewesen. Die Maus hätte nur im Gebüsch verschwinden müssen. Aber sie blieb einfach sitzen und erwartete voller Angst ihr Schicksal."

Fabienne zitterte jetzt am ganzen Körper.

„Ich war fasziniert von diesem Spiel. Es ist anders, als der Schlag des Bussards aus der Luft. Es ist etwas, das man genießen kann."

Er wartete einen Augenblick. „Und jetzt komm, weiter."

Sie trottete willenlos hinter ihm her. Diese Geschichte hatte sie völlig paralysiert. Ihr Gehirn war gelähmt und ihr Körper funktionierte einfach wie eine Maschine, die nicht zu ihr gehörte.

„Jaydan ist wieder hier. Das wollte ich dir noch sagen. Aber du wirst nicht rüber laufen. Denn er wird dir nicht helfen."

In ihr blinkte nur ein Gedanke auf. Ich muss Noah schreiben. Er darf den Computer nicht finden.

Er schien ihre Gedanken zu lesen.

„Ah ja, und den Computer von Verena und Frank den hole ich mir nachher aus deinem Bungalow. Du böses Mädchen hast die Sachen einfach mitgenommen, obwohl sie dir nicht gehören. Ich war vorhin in der Abstellerkammer und habe es bemerkt."

Fabienne verlor den Halt, den Boden unter den Füßen. Es war nicht mehr weit zum Hostel und jeder Schritt strengte sie an, als hätte sie die Last der Welt zu tragen.

Sie hatte keine Ahnung mehr, was sie tun sollte. Sie ging zurück zu ihrem Bungalow.

Mittags brachte er ihr Essen und Wasser. Er stellte es auf den Tisch und ging. Sie brachte keinen Bissen hinunter, aber trank das Wasser gierig. Und wurde so müde.

08. Januar, Celine, Resort Negril

Celine war voller Energie. Heute würde sie sich mit Verena und vielleicht auch mit Fabienne treffen. Ihren Job hatte sie erledigt und war frei bis morgen Abend.

„Danke für`s Mitmachen und euch allen einen schönen Tag hier auf Jamaika. Yoga findet morgen bei Sonnenuntergang um 18.00 Uhr statt. Wir wollen den Tag verabschieden, so als Achtsamkeitsprojekt der Woche, wie wir eingebettet sind in die Natur und das gesamte Universum."

Die Gruppe löste sich auf. Sie sah auf die Uhr. 7 Uhr 55, in einer halben Stunde würde sie ihr Fahrer abholen und dann ging es nach Port Antonio. Sie war sich sicher, Fabienne war von dort aus dem Taxi in dieses Hostel gefahren, und an Fabiennes blonde Lockenmähne würde sich jeder erinnern. An der Rezeption sagte sie zu Jada.

„Ich bin morgen am späten Nachmittag zurück, Yoga ist um 18.00 Uhr. Alle wissen Bescheid und wenn du mich erreichen willst. Meine Handynummer hast du ja."

„Wo geht es hin?", fragte Jada mit einem Lächeln.

„Port Antonio."

„Oh, nicht schlecht. Blaue Lagune, nehme ich an."

„Vielleicht."

Celine hatte nur eine Shopper-Tasche dabei, das Nötigste für eine Nacht und dann würde sie sich Fabienne und Verena vornehmen. Sie grinste bei dem Gedanken, wie sie die beiden überraschen würde.

Die Straße war holprig, aber ihr Fahrer ruhig und routiniert. Und so kam sie fünf Stunden später, um halb zwei in Port Antonio an. Sie war noch nie hiergewesen in all den Jahren auf Jamaika und wunderte sich über sich selbst. Hier war alles viel ursprünglicher und lässiger. Von überall Reggae Musik und die Leute waren entspannter, fröhlicher als in Negril. Alles war weniger touristisch und kommerziell.

Was machte sie eigentlich aus ihrem Leben, außer ein wenig Yoga und die oberflächlichen Touristinnen meistens aus Europa zu unterhalten? Warum hatte sie auf Fabienne herabgesehen? War sie selbst so viel anders? Sie war sich nicht mehr sicher, ob nicht Fabienne die Mutigere von ihnen beiden war und nicht auch sie selbst in einer Welt lebte, die mit Realität nur am Rande zu tun hatte. Oder wurde sie nicht genau dafür bezahlt? Touristen, in eine andere Welt jenseits ihres Alltags zu holen? Egal ob sie aus dieser Sache mit Geld oder ohne herausging, sie nahm sich vor, ihr Leben zu ändern, nach Europa zurückzugehen und neu zu beginnen.

Jetzt musste sie aber erst Fabienne oder Verena oder beide

finden. Oder sollte sie sich Zeit lassen? Nein, Celine, erst die Arbeit, dann das Vergnügen. Sie ließ die Strände liegen und fragte den ersten Taxifahrer nach Fabienne, sie zeigte ihm ihr Foto. Seine Augen blitzten auf.

„Ja, sie ist in „Judy`s Farmhous-Lodge" abgestiegen."

„Können Sie mich dort hinbringen?"

Er zögerte. „Ja,nur manchmal kommen Menschen von da nicht mehr zurück."

„So ein Quatsch."

Der wollte doch nur ein Trinkgeld von ihr. Sie hielt ihm einen Schein hin. „So und jetzt fahren Sie los."

Er zuckte mit den Schultern, sah sie durch den Rückspiegel an. „Ich habe es Ihnen gesagt."

Dann fuhr er los. Als sie durch das Mangrovenwäldchen fuhren und die Straße immer enger und schlechter wurde, fühlte sich Celine plötzlich unwohl. Vielleicht wollte er sie ausrauben und dann umbringen? Sie hätte nicht so draufgängerisch sein sollen, aber dann öffnete sich der Wald und sie sah das Hostel vor ihnen liegen, in Goldgelb mit türkisfarbenen Fensterlaibungen, eingebettet in das üppige Grün. Ein Paradies, noch schöner als dieses Resort in Negril, das für europäischen Geschmack gebaut war und im Vergleich ein zu „Judy`s Farmhouse-Lodge" ein wenig kühl und steril erschien.

Sie bezahlte ihn und er sagte: „Viel Glück, bei dem was sie hier tun."

„Danke." Sie stieg aus und bewunderte den Blick über die Bucht. Sie blickte nach links und sah einen Jamaikaner in seiner Veranda stehen. Er sah zu ihr herunter und dann ging sie auf das Haus zu.

Es war wohl ein echter Geheimtipp, so weit außerhalb. Aber für Verena und Frank genau richtig. Wie hatte diese Fabienne die beiden nur gefunden? Sie war wohl doch nicht so unbedarft, wie sie gedacht hatte.

Celine öffnete die Tür zur Rezeption. „Hallo, ist hier jemand?"

Da steckte ein junger Mann seinen Kopf aus einem Zimmer nebenan.

„Komme sofort."

„Hallo ich bin Ronny. Wie lange willst du bleiben?"

„Ja, ich dachte mal eine Nacht." Sie legte ihren Pass vor. „Celine. Ein schöner Name und du bist auch aus Deutschland?"

„Ja."

Er gab ihr einen Schlüssel. „Du bist hier im Haupthaus

untergebracht. Am Ende des Flurs Zimmer 8.

Abends grille ich für alle, kann ich sonst noch etwas für dich tun?"

„Ja, äh." Sie verlagerte ihr Gewicht von einer Seite zur anderen. „Sind Verena und Frank noch hier?"

Er atmete aus, ganz langsam. Sein Gesicht erstarrte für eine Sekunde, Celine bekam Gänsehaut. „Nein, sie sind abgereist."

„Bist du zurzeit ausgebucht?"

„Oh, momentan nicht, es ist nur noch ein anderer Gast da."

„Ah. Dann geh ich mal auf mein Zimmer." Sie griff nach ihrem Schlüssel und sagte: „Und dann geht es ab zum Strand. Es gibt hier doch sicher einen Zugang."

Ronny lächelte. „Ja und wenn du willst können wir auch mit dem Boot rausfahren."

„Danke, später vielleicht."

Warum wurde ihr bloß so kalt hier? Celine ging auf ihr Zimmer, sah sich um, wippte auf dem Bett. Anders als Negril. Weniger Standard, mehr persönliche Note, aber sie fuhr mit dem Finger über das Nachtkästchen. Alles verstaubt hier. Irgendwas stimmte hier nicht. Da war sie sich sicher. Und wer war der andere Gast? Leise öffnete sie die Tür, sie hatte freien Blick auf die Rezeption. Niemand da. Sie schlich nach vorne und schnappte sich das Gästebuch. Nicht gerade viel los hier. Da stand es. Fabienne Wellenbrink. Was ein Zufall. Sie blätterte weiter zurück, Frank und Verena. Nicht ausgecheckt. Aber bitte wo war Fabienne? Sie holte ihre Badesachen und beschloss, das Areal zu erkunden. Und diesem Typen aus dem Weg zu gehen. Der war seltsam und ihr Instinkt sagte ihr: nichts wie weg. Vielleicht sollte sie heute wieder abreisen. Aber vorher wollte sie Fabienne finden.

08. Januar, Fabienne, „Judy´s Farmhouse-Lodge"

Sie hatte ausgeschlafen. Sie sah neben ihr Bett. Der Computer war weg. Sie musste nachdenken und in Ronnys Nähe fühlte sie sich blockiert. Sie würde einen Spaziergang an den Klippen entlang machen. Die Chance, irgendjemanden zu treffen, war bei null, aber Hauptsache raus hier. Sie wühlte sich durch ihren Koffer und schlüpfte in die Cargohose von zu Hause und eine uralte Blümchenbluse, die ihr Omi mal gekauft hatte. Sie brauchte wieder Vertrauen in sich und die Welt. Dann verließ sie ihren Bungalow. Sie sperrte ab, obwohl Ronny sowieso rein konnte. Aber sie wollte einfach ein Zeichen setzen.

Sie könnte durch das Mangrovenwäldchen runter nach Port Antonio laufen, aber sie hatte Angst davor allein durch den Wald zu gehen. Ronny hatte ihr von Schlangen erzählt, die es dort gab. Diese Urwälder waren ihr unheimlich. Aber war Ronny nicht mindestens genauso gefährlich? Wenn doch nur andere Gäste kämen. Die beiden, die sich angemeldet hatten, hatte Ronny eiskalt abgesagt. Er habe einen Wasserrohrbruch, das Hostel sei bis auf weiteres geschlossen. Die nächste Buchung war erst in ein paar Wochen. Nicht den Mut verlieren würde Omi sagen. Omi, die machte sich bestimmt schon Sorgen und was war überhaupt mit Noah? War er nicht besorgt, wenn er sie nicht mehr erreichte?

Celine

Im Haupthaus war außer Ronny niemand mehr. Dieser andere Gast lebte in einem der Bungalows.

Sie lief an den Bungalows vorbei. Nummer 1 leer, Nummer 3 leer. Alles schön hergerichtet, warum brachte er sie dann im Haupthaus unter? Schon wieder etwas, das ihr seltsam vorkam. Sie kam zu Bungalow 2.

Celine drückte ihre Nase ans Fenster. Auf dem Boden lagen Kleidungsstücke verstreut, Crop-Tops, Jeans-Shorts, Bikinis. Nichts, was irgendwie nach Fabienne aussah. Fabienne war sie nicht hier. Dieser Ronny führte sein Gästebuch nicht ordentlich.

Celine war ernüchtert, so hatte sie sich das hier nicht vorgestellt.

Sie holte ihre Badesachen und machte sich auf zum Strand, stieg mit Bedacht die steilen Stufen hinunter. Ohne Geländer, das war hier schon eine Aktion. Doch unten auf dem Steg, dieses türkisblaue Wasser, ohne die ganzen Touristen. So erlebte sie Jamaika von einer anderen Seite. Sie lag in der Sonne und genoss ihre Leben. Dass Ronny sie von oben anstarrte, spürte sie nicht, so tiefenentspannt lauschte sie dem Meeresrauschen.

Später kletterte sie nach oben. Dieser Ausflug hatte sich für sie gelohnt, auch wenn sie Verena nicht getroffen hatte. Sie würde in jedem Fall ein neues Leben beginnen. Abseits vom Trubel.

Sie machte ein paar Fotos, stellte sie hoch auf Instagram, dann legte sie ihr Handy beiseite und hüpfte unter die Dusche. Als sie raus war, schlüpfte sie ein frisches T-Shirt und Shorts. Sie trat hinaus auf den Flur. Es roch fantastisch. Kochen konnte er also, dieser Hostelwirt.

Sie kam um die Ecke und warf einen Blick in die Küche. Ronny stand am Herd und briet Gemüse und Fisch, auf dem Ofen kochte Reis. „Es duftet herrlich."

Ronny sah auf. „Das ist Jamaika. Essen gibt es in einer viertel Stunde. Du kannst dich ja schon mal in die Lounge setzen."

„Kommt der andere Gast auch?"

„Äh, der andere Gast, ja, so, die Dame hat es im Magen. Die kommt leider nicht."

„Schade."

Ronny

Was waren die alle so neugierig.

Diese Frau, diese Celine, was wollte sie hier und woher kannte sie Fabienne und die beiden anderen? Wenn er auf Nummer sicher gehen wollte, sollte er sie verschwinden lassen und sich um Fabienne kümmern und dann von hier verschwinden. Jaydan erzählen, dass das Hostel eine Woche geschlossen sei und dann würde Alex wieder übernehmen.

Er schnippte den Kronkorken vom Bier und nahm einen ordentlichen Zug. Dann packte er Obst, Reis und Gemüse für Fabienne in einen Korb. Dann füllte er noch einen Cocktail in einen Plastikbecher mit Deckel und stellte ihn dazu. Wenn sie den trank, dann schlief sie wieder tief und fest und er brauchte sich um sie keine Gedanken machen. Er trug den Korb zu ihrem Bungalow, warf einen Blick durchs Fenster. Sie lag auf dem Bett, jede Menge Kleidung auf dem Boden verstreut. Er klopfte. „Zimmerservice."

Sie öffnete. „Ich will nichts."

„Doch, es ist gut. Es riecht gut, extra für dich gekocht." Sie nahm den Korb. „Danke."

„Und da ist ein Cocktail für dich."

Sie schloss die Tür.

Ronny kehrte zurück zum Hostel. Jetzt kam diese Celine an die Reihe. Nervig mit den beiden. Ein Bussard konzentrierte sich auch immer nur auf ein Opfer. Also musste er schnell eine der beiden loswerden. Am liebsten Celine.

Er ging in die Küche, nahm das Messer und fuhr mit dem Daumen über die Schneide. Schön scharf. Er legte es weg und brachte das Essen raus in die Lounge.

„Lass uns zusammen essen.", sagte er zu ihr. „Ja, gerne." Da saß sie vor ihm braun gebrannt, ihre halblangen dunkelblonden Haare umrahmten das Gesicht und sie sah jünger aus, als sie vermutlich war. Er richtete den Fisch für sie an.

„Oh, danke."

Sie nahm vom Gemüse. „Sehr lecker. Alles. Wo hast du so gut kochen gelernt?"

„Ach, man guckt sich hier was ab und da."

Warum schleimte die sich jetzt bei ihm ein? Was wollte sie? Er war am Zug. „Und woher kennst du Fabienne und die anderen?"

Celine zuckte, spielte mit der Gabel und lehnte sich zurück. „Aus dem Urlaub."

„Ah, warst du eins der Mädels in Negril, von denen Fabienne erzählt hat?", fragte Ronny.

„Also war Fabienne da?", fragte Celine. Auf Ronnys Stirn bildeten sich kleine Schweißperlen. Hatte er gesagt, sie sei nie da gewesen? Er wusste es nicht mehr.

„Ja. Weißt du, es ist immer was los, da verwechselt man schon mal was."

Er nahm einen Schluck Bier. Er würde ihr einen Cocktail servieren, und danach würde sie für immer schlafen.

Celine schüttelte sich. Konnte die etwa Gedankenlesen? Er beschloss, vorsichtiger zu sein. Er fing an, von seinem Bussard zu erzählen, wie er ihn gesund gepflegt hatte. Dann sagte er: „Oh, das langweilt dich sicher. Und was machst du hier auf Jamaika?"

„Oh, dieses und jenes. Jetzt reise ich gerade ein wenig herum, bevor es zurück nach Deutschland geht."

„Ah. Und bist du allein unterwegs? Das stelle ich mir manchmal recht langweilig vor."

Celine wischte sich eine Strähne aus dem Gesicht. „Ach weißt du, ich habe viele Bekannte und eine von ihnen arbeitet sogar hier auf Jamaika in einem Hotel."

„Is nicht wahr.", sagte Ronny.

„Doch und ich bin mit ihr noch verabredet in diesem Urlaub."

„Schön, sehr schön, weißt du ich hatte heute einen langen Tag. Ich mixe uns jetzt zwei Gute-Nacht-Cocktails und dann gehe ich schlafen. Du möchtest schon ein oder?"

„Ja, gerne."

Celine schüttelte ihre Haare und begleitete ihn in die Küche.

Was sollte das jetzt wieder?

„Schön hast du es hier."

Er kam nicht dazu, die K.O.-Tropfen ins Glas zu träufeln.

Sie nahm den Cocktail und sagte nur: „Danke."

Er hörte das Klappern der Absätze auf den Fliesen, bis sie auf ihrem Zimmer war.

Morgen Ronny, morgen ist auch noch ein Tag. Aber die war kein Schaf wie Fabienne, kein kleines Mäuschen. Bei der musste er vorsichtig sein. Vielleicht erledigte er dieses kleine Ärgernis doch noch heute Nacht.

In ihrem Zimmer stellte sie das Glas zur Seite, setzte sich im Dunkeln auf das Bett. Sie fühlte sich schwach wie selten zuvor, und sie war unruhig. Dieser Ronny hatte etwas von einem Raubtier.

Auf den Cocktail konnte sie verzichten, sie brauchte einen klaren Kopf. Morgen würde sie abreisen. Sie stellte einen Stuhl unter die Klinke und legte sich angezogen ins Bett. Aber die Zeit verging und sie fand keinen Schlaf. Irgendwann stand sie auf und dachte: So ein Bier wäre nicht schlecht. Es beruhigt und macht müde, aber hat nicht so viel Alkohol wie der Cocktail, und morgen vergesse ich das alles hier. Sie schlich Richtung Keller, da wo sie Ronny mit den Bierflaschen gesehen hatte. Die Tür war offen. Sie machte Licht und stieg diese uralte Steintreppe in den Bauch des Hauses hinunter. Da stand ein riesiger Kühlschrank. Sie öffnete die Tür und vor ihr stand der tiefgefrorene Alex. Seine Haare waren voller Eiskristalle.

Sie unterdrückte einen Schrei, klappte die Tür zu, drehte sich zur Seite. Der hatte eine Leiche im Keller! Sie musste hier weg, und wenn er sie erwischte, war sie tot. Tief atmen, dachte sie Yoga-Atmung. Sie brachte ihre Nerven unter Kontrolle. Dann schlich sie leise nach oben, löschte das Licht und beeilte sich, in ihr Zimmer zu kommen.

Drinnen stieß sie gegen den Stuhl, der im Raum stand. Und erstarrte zur Salzsäule. Sie sperrte ab, legte sich auf ihr Bett und versuchte die Atmung zu kontrollieren. Alles gut, Celine, alles gut.

Sie hörte Schritte, die vor der Tür stehen blieben. Dann entfernten sie sich. Jetzt trank sie den Cocktail doch. Sie zitterte so sehr, dass sie einiges auf ihr T-Shirt verschüttete.

Ronny

Ronny erwachte, war da ein Geräusch? Schlich da jemand durchs Haus, war das dieses kleine Biest? Er stand auf und ging in die Rezeption. Die Tür zum Keller war zu. Nirgends war Licht. Er ging auf Zehenspitzen bis zu Celines Zimmer. Er lauschte. Nichts. Sie schien zu schlafen. Er atmete tief durch. Sein Vorhaben hatte noch Zeit. Es war nur wieder dieses Haus, es ging wieder dieses Wispern durchs Haus, als ob sich die Mauern Geschichten erzählten.

Celine, in der Nacht vom 08. auf den 09. Januar

Es dauerte, bis sich ihr Herzschlag normalisiert. Sie zitterte immer noch. Aber sie würde keine Stunde länger in diesem Haus bleiben. Sie konnte sich ein Taxi rufen. Wo war ihr Handy? Sie durchwühlte die Tasche. Nichts. Sie kippte alles auf den Boden. Ihr Handy war weg. Er hatte es. Schnell warf sie alles in die Tasche. Ihr Geld hatte sie noch. Ihr Pass fehlte. Ah, der war in der Schublade in der Rezeption. Den brauchte sie, sie wollte nach Hause, nach Deutschland. Aber es war mitten in der Nacht. Sie schlich durch den Gang zur Rezeption. Und sie hatte Angst, mit zitternden Händen, wollte sie die Schublade aufziehen. Es war abgesperrt. Nein, sie hielt das nicht aus. Sie musste weg. An der Haustür steckte der Schlüssel. Sie sperrte auf und rannte los. In diesem Wäldchen hielt sie inne. Sie folgte der Straße geradeaus. An einer Gabelung war sie unsicher. Sie entschied sich für die mit dem größeren Gefälle. Und hatte Angst sich zu verlaufen. Was wenn sie nie in Port Antonio ankam?

Egal. Nur weg von hier. Obwohl es so unheimlich war. Allein dieses Knacken im Wald. Celine unterdrückte die Gedanken, was oder wer hier alles unterwegs sein konnte, konzentrierte sich auf den Weg.

Nach einer gefühlten Ewigkeit erschien am Ende des Weges ein Lichtpunkt. Port Antonio? Ja. Es war Port Antonio.

Sie hatte es fast geschafft, passte eine Sekunde nicht auf und rutschte ab, die Straße war nicht gut befestigt und sie fiel einen Meter auf die Erde. Alles tat weh, aber sie konnte kaum aufstehen. Jetzt brauchte sie eine Polizeistation. Irgendwo musste eine sein. Sie humpelte die Straße entlang, irrte durch die Straßen. Dann fand sie ein Taxi.

„Bringen Sie mich zur Polizei."

„Hm." Er fuhr los.

09. Januar, Celine, Polizeistation Port Antonio

Es war ruhig in dem kahlen Raum. Zwei Polizisten saßen am Schreibtisch und lasen irgendwelche Unterlagen. Der Jüngere erhob sich und kam auf sie zu. „Morgen, was gibt es?"

Sein Blick blieb an ihrer fleckigen Kleidung und dem zerrupften Haar hängen.

„Ich möchte eine Anzeige machen. Ich war in einem Hostel, oben am Berg. „Judy`s Farmhouse-Lodge" oder so ähnlich. Jedenfalls habe ich einen Gefrierschrank geöffnet und da war eine Leiche drinnen."

Jetzt wo sie darüber sprach, war alles so nah, wie vorhin und sie fing an zu schluchzen. Der Polizist fragte: „Wie hieß das Hostel nochmal?"

„Judy irgendwas.", sagte sie.

„Ah und die Leiche, wie sah die aus."

„Angefroren. Hören Sie sie müssen dahin fahren."

Er wechselte einen Blick mit seinem Kollegen und drehte sich zu ihm.

„Sie riecht nach Alkohol. Ob das stimmt, was sie erzählt?"

„Sie sieht überhaupt etwas mitgenommen aus. Aber ich kenne das „Judy`s Farmhouse-Lodge". Das führt Alex, der ist in Ordnung. Da gibt es keine Leichen im Gefrierschrank." Er wandte sich wieder seinem Bericht zu.

„Ja, hören Sie, wir haben das aufgenommen und wir kümmern uns darum. Bitte füllen Sie das aus."

Mit zitternder Hand schrieb Celine ihre Personalien auf. Sie gab ihm das Blatt.

„Danke. Das wäre es dann."

„Wie Sie fahren jetzt nicht los?"

„Wir kümmern uns."

Celine stand auf. Da war nichts zu machen. Sie musste zurück nach Negril. Sie brauchte ihre Ruhe. Sie wollte ihr Leben zurück. Sie suchte ein Taxi. Erst der dritte Fahrer war gegen Vorkasse bereit, sie zu fahren. Sie sank auf dem Sitz zusammen. Er fuhr los. Viel zu schnell. Aber es war ihr egal. Nur weg von ihr. Kurz vor Montego Bay, sagte ihr Fahrer. „Oh No!" Dann krachte es. Ihr wurde schwarz vor Augen.

Am späten Vormittag wurde der Wagen gefunden.

Celine erwachte Stunden später im Krankenhaus.

„Was ist passiert?“

„Sie hatten einen Unfall. Man hat sie gefunden. Können Sie uns sagen wer Sie sind?“

„Äh.“ Sie dachte nach. „Nein. Ich weiß nichts. Ich kann mich an nichts erinnern.“

„Was machen Sie beruflich, machen Sie hier Urlaub?“

„Ich weiß nicht.“

„Ok, schlafen Sie ein wenig. Vielleicht kommt ihr Gedächtnis dann zurück.“

Jada, im Resort in Negril

Kurz vor fünf Uhr und Celine war nicht zurück. Sie konnte Celine nicht leiden, aber langsam machte sie sich Sorgen. Vor allem weil sie nicht erreichbar war. Hoffentlich war ihr nichts passiert. Und was war mit der Yoga-Stunde um 18.00 Uhr. Wenn Celine nicht zurück war, gab das Ärger, Gäste, die an der Rezeption nachfragten, Beschwerden, ein verärgerter Hotelmanager. Jada atmete tief durch. Ihre Schicht war gleich zu Ende. Sie holte sich Yogakleidung aus dem Shop. Notfalls würde sie die Stunde übernehmen. Alles inoffiziell natürlich. Und erfahren sollte das auch niemand.

Nervös setzte sie sich in den Pavillon und da kamen sie, Celines Yoga-Mädels.

„Wo ist Celine?"

„Der ist leider ein Termin dazwischen gekommen. Ich darf sie heute vertreten. Morgen ist sie wieder da."

Dann fangen wir an. „Wir schließen die Augen und atmen tief ein und wieder aus...". Sie spulte ihr privates Yoga-Programm ab. „Und jetzt werden wir alle wieder richtig wach. Auf einen schönen Abend."

„Das war richtig gut."

„Ja, hat mir auch gefallen. Machst du das öfter?"

„Vielleicht. Danke für euer Lob."

Jada wurde rot. Sie freute sich. Das war mal was anderes als immer nur Rezeption. Aber ob es auf Dauer ein Traumjob war? Aber sie konnte Celine gelegentlich vertreten. Nur wo blieb sie? Sie fragte einen der Taxifahrer draußen vor dem Hotel. Aber niemand hatte etwas von ihr gehört. Da fing sie an, die Krankenhäuser abzutelefonieren. So viele sind es nicht. Und sie war jedes Mal erleichtert, als sie hörte. „Nein, bei uns wurde keine Celine Sommer eingeliefert."

Beim letzten Anruf erwartete sie nichts anderes mehr. Sie wollte jetzt nur Feierabend machen.

„Moment. Wie sieht diese Celine Sommer aus?"

„Dunkelblond, mittelgroß, schlank, um die 30." „Europäerin?"

„Ja." Ihr Herz schlug wie wild. „Was ist?"

„Wir haben eine Patientin, die einen Unfall hatte, keine Papiere und das Gedächtnis verloren. Wären Sie bereit morgen vorbei zukommen?"

Jada atmete tief durch.

„Ja." Aber sie hoffte inständig, dass morgen Celine wieder im Hotel zurück war.

10. Januar, Jada, Montego Bay, Krankenhaus

Als sie am Morgen im Hotel nach Celine fragte und sie nicht da war, ließ sie sich nach Montego Bay ins Krankenhaus fahren. Sie verspürte Angst und gleichzeitig Erleichterung. Wenigstens war sie nicht tot, wenn die Frau wirklich Celine war. Sie wurde von einer Schwester in Empfang genommen. „Sie kennen die Frau?"

„Vielleicht." Vorsichtig steckte sie den Kopf zur Tür herein.

Die junge Frau im Krankenhaus Bett war Celine.

„Celine, was machst du für Sachen?"

„Wer sind Sie?"

„Ich bin es Jada, ich arbeite mit dir im Hotel. Wir sind Kolleginnen."

„Ich arbeite im Hotel?"

„Ja, als Yogalehrerin in Negril."

Celine reagierte nicht. „Du warst in Port Antonio."

„Ihh.."

Celine fing an zu wimmern.

„Kommen Sie, sie muss sich beruhigen."

„Da muss was Schlimmes passiert sein." Jada runzelte die Stirn.

„Bitte geben Sie uns die Personalien von ihrer Kollegin."

„Ja, und ich versuche Verwandte von ihr in Deutschland ausfindig zu machen."

„Danke."

Jada fuhr zurück ins Hotel, meldete sie krank.

„Wer soll das Yoga machen?"

„Das könnte ich vertretungsweise machen."

„Mach das. Ist sie schwer verletzt?"

„Körperlich nicht so, Arm gebrochen, Gehirnerschütterung. Aber sie hat ihr Gedächtnis verloren."

„Warte, ich sehe in den Personalakten nach, ob wir eine Anschrift in Deutschland haben."

Es dauerte. „Hier, sie hat die Anschrift ihres Bruders angegeben."

Jada war erleichtert. Sie konnte die Verantwortung abgeben.

Celine, Krankenhaus, Montego Bay

Celine lag in ihrem Bett und hatte keine Ahnung, was aus ihrem Leben werden sollte. Hoffentlich war diese Jada schlau und konnte ihr weiterhelfen. Im Krankenhaus waren alle froh, dass sie jemand wieder erkannt hatte, und ihr wurde versichert, dass ihr Gedächtnis bald zurückkommen würde.

12. Januar Celine, zurück im Resort

Zwei Tage später wurde Celine aus dem Krankenhaus entlassen. Jada holte sie ab. Eine Ärztin informierte Jada über Celines Zustand.

„Sie können sie mitnehmen. Sie hat ihr Gedächtnis bisher nicht wiedererlangt. Wann kommt denn jemand aus ihrer Familie?"

„Ihr Bruder kommt in zwei Tagen aus Deutschland. Solange bleibt sie in ihrem Appartement im Resort."

Die Ärztin lächelte Jada an. „Sie machen das schon und in der vertrauten Umgebung, könnte es auch schneller gehen, mit der Erinnerung."

Jada seufzte. „Hoffen wir es."

Sie packte Celine in ihren Wagen. „So, wir fahren jetzt zurück ins Resort. Vielleicht erkennst du es ja wieder."

Jada fuhr und je näher sie dem Resort kamen, umso entspannter wurde Celine. „Ich weiß nicht, die Umgebung, ich erkenne sie zwar nicht wieder, aber es ist etwas, das mir vertraut ist."

Jada parkte vor dem Resort. „Wir sind zu Hause."

„Jada. Danke."

„Erinnerst du dich?"

Celine nickte. „Ich gebe Yoga-Unterricht und ich wollte nach Port Antonio. Aber was ich dort wollte, das ist mir nicht klar."

Jada atmete tief aus. „Das ist doch schon mal was. Komm her." Sie drückte Celine. „Kannst du allein bleiben, bis dein Bruder kommt?"

Celine nickte. „Ich schlafe erstmal richtig aus."

8. Januar, München Noah

Das Telefon holte ihn aus dem Tiefschlaf.

Er tastete nach seinem Handy, hatte es beinahe, da flutschte es ihm aus den Fingern. „Äh." Widerwillig stand er auf und nahm das Gespräch an. „Ja, Ellen hier. Weißt du was mit Fabienne ist? Wollte die nicht schon lange zurück sein?" „Doch. Warum?"

„Also erstens hat die Gute einen Bericht kopiert, aber ihn irgendwo abgelegt, und ich finde ihn nicht und zweitens ruft mich ihre Oma jetzt schon zum zweiten Mal an und ich kann ihr nicht weiterhelfen. Also, Noah bitte."

„Schon klar." Noah stand auf. „Ich habe gestern eine Nachricht von ihr bekommen. Am besten komme ich gleich mal vorbei.

Im Büro zeigte er Fabiennes Fund seinem Chef. Er hatte alles gespeichert. „Wenn das die Gelder sind, frage ich mich wo dieses Betrügerpärchen ist und wie unsere

Fabienne an die Daten gekommen
ist."

„Ja, vor allem ihre Mail bricht
mitten im Satz ab.", sagte Noah.

„Oh, das sieht nicht gut aus. Was
weißt du noch?"

„Sie ist in einem Hostel und
dieser Alex, der es betreibt ist
verschwunden seit sein Freund
dieser Ronny es leitet."

„Das kann alles ganz harmlos
sein. Aber forsche da mal nach.
Wenn Fabienne einfach so wieder
auftaucht, dann brauchst du das ja
nicht weiterzuverfolgen. Aber ich
habe da so ein Gefühl..Was weißt du
noch?"

„Alex und Ronny waren beide in
diesem Kinderheim und da ist ein
Mädchen, Ronnys Freundin tödlich
verunglückt, das sagt Susanne
Wieser vom Ehemaligen Verein des
Kinderheims."

Ellen kam dazu: „Also ich habe alles versucht, ich erreiche Fabienne nicht."

„Also, dann versuche du mal alles über diesen Ronny herauszufinden. Dann sehen wir weiter. Versuche es erst mal bei dieser Susanne Wieser, die du schon ausfindig gemacht hast."

„Sie wohnt allerdings in Ulm, die Adresse habe ich. Kann das nicht jemand anders machen?"

„Tut mir leid, es ist niemand frei. Fahr los."

Noah schluckte, er hasste es, auf andere Menschen zu zugehen, Mails schreiben ja, telefonieren ging gerade noch, aber direkt mit den Leuten ins Gespräch zu kommen, war für ihn eine Überwindung und eine echte Herausforderung. Aber es ging um Fabienne.

Noah packte Handy und Ladegeräte ein und ging zu seinem Wagen. Er stellte das Navi ein, und er sah nach, ob Fabienne sich gemeldet hatte, aber nichts. Als wäre sie in einem Funkloch verschwunden. Kurz vor Ulm meldete er sich telefonisch bei Susanne Wieser.

„Ich bin gerade in der Nähe, wäre es ok, wenn ich kurz vorbeikomme, wir können uns auch in einem Cafe treffen?" „Komm vorbei, ich bin zu Hause."

„Ok, bin in zwanzig Minuten da."

Inzwischen fing es an zu schneien. Noah hasste Eis und Schnee.

Susanne lebte in einem Reihenhaus am Stadtrand. Noah parkte und läutete. Eine Frau Anfang dreißig öffnete ihm. Ihre roten Locken hatte sie hochgesteckt und sie hatte helle Augen und Grübchen in den Wangen. „Du bist Noah? Komm rein.“

„Meine Familie ist grad draußen, Schneemänner bauen.“ Durchs Fenster sah er in den Garten, wo Susannes Mann mit zwei Kindern und Hund Schneekugeln rollte. Er winkte hinaus. „So und jetzt erzähl mal, warum interessiert dich Ronny so sehr.“ Sie schenkte ihm ein Glas Wasser ein.

Noah erzählte von Fabienne, Alex, von dem es kein Lebenszeichen gab und von Ronny.

Sie lehnte sich zurück. „So ist das, Ronny hat Alex besucht. Also, es gibt da noch diese alte Geschichte mit Tanja.“

„Das Mädchen, das tödlich verunglückt ist?“

„Ja, und es gab damals jede Menge Gerüchte. Und eine Zeugin des Unglücks, die das alles etwas anders in Erinnerung hatte.“

„Wie und welche Gerüchte?"

„Also Ronny kam ins Kinderheim und wurde gemobbt und hatte es als Neuer schwer. Alex war immer der soziale Typ, der versucht hat, alle in die Gruppe einzubinden. Mit Ronny war das schwierig. Er hatte Launen, war jähzornig. Aber Alex konnte damit umgehen."

Sie griff nach ihrem Saft und nahm einen Schluck. „Die Jahre vergingen und wir wurden älter. Es kamen neue dazu. Und irgendwann kam Tanja. Sie war wow. Alle Jungs waren in sie verliebt. Und Ronny tat so, als sähe er sie nicht. Irgendwie hat sie das genervt und es lief wohl so ein Spiel in der Mädchenclique. Wer kriegt wen in einer Woche rum oder so ähnlich. Es wurde gelost und Tanja zog Ronny."

Sie machte eine Pause. „Wir waren zwei Jahre älter und wir haben nichts mitbekommen. Jedenfalls sah alles so aus, als würde Tanja sich in Ronny verlieben. Sie war immer an seinem Tisch, lachte über seine Witze. Immer in sexy Klamotten. Jedenfalls als sie ihn soweit hatte, hat sie ihn fallenlassen, war er von einem Tag auf den andern Luft für sie. Und Ronny hat das nicht gut weggesteckt. Er hat um sie gekämpft. Bis ihm jemand erzählt hat, dass das alles für Tanja nur ein Spiel war, eine Wette. Das hat ihn wohl ziemlich getroffen.

Einige Wochen später, es war Winter der See in der Nähe des Heims war zugefroren, aber das Eis war nicht so fest, dass wir draufgehen hätten dürfen.

Jedenfalls hatte er sich mit Tanja dort verabredet. Und Tanja hat ihn ausgelacht. Und jetzt kommt es. Ronny sagte, sie sei aufs Eis gelaufen und er hätte sie nicht zurückhalten können, dann sei sie eingebrochen. Aber es gibt da eine Zeugin, die hat lange etwas anderes erzählt, nämlich, dass Ronny Tanja irgendwie bedroht hätte und sie immer weiter aufs Eis hinausgetrieben hätte. Bis sie einbrach."

„Und was passierte dann?" „Das Mädchen wurde zur Psychologin geschickt, dieselbe, die auch Ronny behandelte und es hieß dann, sie hätte im Schock alles falsch verstanden. Mariella wurde dann in ein anderes Heim verlegt."

„Und was glaubst du?"

„Ich glaube Mariella." Sie nahm noch einen Schluck Saft und winkte ihren Kindern durchs Fenster.

„Du kannst aber auch direkt mit ihr reden. Sie wohnt auch hier in Ulm, vielleicht kann sie kurz vorbeikommen."

„Warum glaubst du ihr und nicht Ronny?“

„Weil Ronny ein schwieriger Mensch war und ich glaube, dass er es nicht verkraftet hat, dass sich ein Mädchen wie Tanja über ihn lustig macht. Er war ein Mensch, der sich für alles gerächt hat, was ihm so widerfahren ist.“

„Aber dann hat er sie umgebracht?“, fragte Noah.

„Ja, ein Unglück, wie es in den Zeitungen stand war es jedenfalls nicht.“

Noah war erschüttert und er hatte Angst um Fabienne. „Ja, soll ich Mariella anrufen?“

„Ja, bitte.“ Noah checkte seine Nachrichten, nichts von Fabienne dabei.

Mariella war zehn Minuten später da.

„Hallo zusammen. Du bist also Noah. Warum interessierst du dich für die alte Geschichte?"

„Eine Kollegin macht gerade in dem Hostel, das Ronny betreibt, Urlaub."

Mariella wurde blass. „Sag ihr, sie soll nach Hause fahren."

„Ja, nur leider erreiche ich sie seit gestern nicht mehr."

„Oh." Einen Moment schwiegen alle drei.

„Also kurz gesagt. Ich bin mir sicher, dass Ronny Tanja auf den See hinausgetrieben hat. Er hatte ein Messer dabei. Aber ich habe die Aussage dann zurückgezogen, weil die Psychologin Ronny als glaubwürdig eingestuft hat und mich als verwirrtes Kind mit großartiger Fantasie. Die Sache hat damals viel Staub aufgewirbelt. Ich weiß sicher, er hat gesagt: „Ich wette, dass das Eis so fest ist, dass du drüber laufen kannst. Und jetzt lauf. Sonst." Und dann blitzte das Messer. Jedenfalls landete ich in einem anderen Heim und Susanne und ich haben uns vor zwei Jahren hier in Ulm zufällig wieder getroffen."

„Weißt du noch wie diese Psychologin hieß?"

„Den Namen werde ich nie vergessen. Es war zu schrecklich. Sie hieß Barbara Schwarz. Und sie praktiziert heute noch."

„Woher weißt du das?"

„Ich arbeite für die Jugendhilfe. Aber ich habe noch nie jemanden zu ihr geschickt."

„Wo arbeitet sie?"

„Sie hat jetzt eine Praxis in Tübingen."

„Wißt ihr sonst noch etwas über Ronny?"

Beide schüttelten den Kopf. „Wir waren froh, nichts mehr von ihm zu hören."

„Ah, warum war Ronny denn im Heim?"

„Also, soweit ich weiß, war seine Mutter süchtig nach Psychopharmaka und hat sich scheiden lassen. Sie wollte oder konnte das Sorgerecht nicht übernehmen und der Vater war beruflich so eingespannt, dass das nicht ging. Ronny war aber öfter mal bei einer Tante zu Besuch. Aber was genaues, weiß ich nicht.", sagte Susanne.

Mariella kritzelte etwas auf einen Zettel: „Hier die Adresse von dieser Dr. Barbara Schwarz".

„Ok, dann vielen Dank an euch beide. Ich fahre jetzt zu dieser Barbara Schwarz." Noah verabschiedete sich und trat hinaus in die Kälte. Schneeflocken wirbelten herum. Er setzte sich in seinen Wagen und stellte das Navi an. Er fuhr los über verschneite

Straßen raus aus Ulm. Dieser Wintereinbruch überforderte den Straßendienst völlig. Nach Tübingen brauchte er eineinhalb Stunden. Es schneite weiter. Die Welt verwandelte sich in eine Winterlandschaft. Und von Fabienne keine Nachricht.

Es zog sich, bis Tübingen vor ihm auftauchte. Doch kurz nach 14.00 Uhr war es geschafft. Jetzt nur noch diese Psychologin finden. Sein Blick glitt über die Häuserreihe am Neckar. Welches mochte Haus es sein? Jedes Haus in dieser Reihe war alt und perfekt renoviert. Das Haus dieser Psychologin war mintfarben gestrichen. Er klingelte bei der Praxis Dr. Barbara Schwarz. Diese Psychologin, er hatte ein ungutes Gefühl. Nichts tat sich. Aber es war ja für Fabienne. Also drückte er die Klingel noch einmal.

Der Summer ertönte. „Es ist jetzt keine Sprechzeit."

„Es geht um einen alten Fall."

„Kommen Sie in den ersten Stock."

Eine schmale Frau mit grauem halblangen Haar empfing ihn. „Guten Tag, Sie sind?"

„Noah Theiß. Es geht mir um einen ihrer Patienten."

„Sie wissen, dass ich der Schweigepflicht unterliege?"

„Ja, sicher. Aber es geht mehr darum, wo ich ihn jetzt erreichen kann, wir haben uns aus den Augen verloren. Ich bin ein Freund aus der Arbeit."

Noah schwitzte und versuchte sich seine Aufregung zu verbergen.

„Ah, nehmen Sie doch Platz. Aber wie kommen Sie auf mich?" „Er hat von dieser alten Geschichte, mit dieser Tanja erzählt, und da dachte ich Sie hätten vielleicht Adressdaten von seiner Familie."

„Ah, aber die sozialen Medien?“ Sie saß ihm gegenüber und starrte ihn durch ihre Hornbrille an.

„Das ist nicht so mein Thema und ich habe Ronny nicht unter seinem Namen gefunden.“

„Nun gut, die Sache mit diesem Mädchen, war sehr schlimm für Ronny. Ronny ist ein guter Junge. Und dann dieses Gerede, es gäbe eine Zeugin, wissen Sie, die Kleine wollte sich nur wichtigmachen. Aber wenn Sie Ronny suchen, dann besuchen Sie doch seinen Onkel Alfred, der lebt auch hier in Tübingen. Er war auch damals einer der Ansprechpartner für mich.“

„Wie ist es mit seinen Eltern?“

„Fragen Sie nicht, die beiden waren eine Katastrophe. Er karriereverrückt, sie abhängig von Psychopharmaka und immer auf der Suche nach dem großen Glück. Ein Wunder, dass aus Ronny etwas geworden ist. Aber jetzt sind sie beide tot.

Ja, ja, manchmal geht es schnell. Ich bin sicher, dass er wegen den Problemen mit seinen Eltern später das Pharmaziestudium abgebrochen hat. Seine Mutter war schuld an allem, so früh ein Kind bekommen, mit Anfang zwanzig und sich dann später nicht kümmern wollen."

Noah rutschte auf seinem Stuhl herum. Er kam hier ja total vom Thema ab. Er wollte mehr über Ronny wissen.

„Und was hat er dann gemacht?"

„Er hat eine Ausbildung zum Techniker gemacht. In einer größeren Firma."

„Ah."

„Ja, dann wissen Sie ja jetzt Bescheid. Wie haben Sie sich in der Arbeit kennengelernt?"

Noah zuckte innerlich zusammen. „Wir haben uns bei einer Betriebsfeier kennengelernt."

„Ah. Wenn ich noch ihre Kontaktdaten haben dürfte?"

Noah war versucht ihr eine Fakeadresse zu geben. Gab dann aber seinen Namen und die Anschrift des Büros an. Sie legte ihm eine Visitenkarte hin: Alfred Bergmann, Apotheker, Hagelloch 12, Tübingen.

„Vielen Dank und glauben Sie, ich kann bei Herrn Bergmann einfach so vorbeikommen?"

„Warum nicht? Wenn Sie Pech haben, ist er einfach nicht zu Hause. Aber warten Sie, ich rufe ihn an."

Noah sah sich um. Er war hier in ihrer Privatwohnung gelandet. Alte Ölgemälde, teure Möbel. Auf dem Kaminsims stand ein Foto. Die Psychologin und ein Mann. Er knipste es mit dem Handy.

Dann kam sie zurück.

„Sie dürfen selbstverständlich bei Herrn Bergmann vorbeikommen."

„Vielen Dank und auf Wiedersehen." Sie schüttelte ihm die Hand und brachte ihn zur Tür.

Draußen wurde es dunkel und ein eisiger Wind pfiff um seine Nase. Noah rieb sich die Hände warm. Bisher hatte er noch nicht viel erfahren. Nichts, was ihn direkt weiterbrachte. Er gab die Adresse von Alfred Bergmann ins Navi ein. Hagelloch lag ein wenig über der Stadt. Über die Landstraße erreichte er es schnell. Er parkte vor einem frei stehenden Haus. Die Aussicht von hier oben war großartig. Jetzt in der Dämmerung sah man die Lichter der Stadt. Er läutete, hörte Schritte, wie sich der Schlüssel drehte, dann öffnete Alfred Bergmann. „Herr Theiss, kommen Sie doch bitte."

Noah trat ein und hatte das Gefühl, eine Grenze zu überschreiten in eine andere Welt. Marmorboden, Betonwände, futuristische Skulpturen aus Chrom. Der Typ hatte Geld und zeigte das. Erst im Wohnzimmer sah es wieder aus wie bei Menschen, die im Möbelhaus einkauften.

„Setzen Sie sich doch."

Noah ließ sich auf dem Sofa nieder. Sein Gastgeber setzte sich ihm gegenüber in einen Sessel. „Sie sind also ein Freund von Ronny."

„Ja, wir kennen uns von der Arbeit."

„Schön. Schade, dass er nie von ihnen erzählt hat."

„Hat er Ihnen gesagt, wo man ihn zurzeit finden kann?"

Alfred sagte: „Als seine Eltern verstorben sind, ist er auf Weltreise gegangen. Er war ja auch vorher schon oft bei mir und meiner

Schwester Anke in Ottobrunn. Aber warum wissen Sie das nicht, wenn Sie sich von der Arbeit kennen?"

„Ich habe vor zwei Jahren den Job gewechselt, bin umgezogen."

„So, so."

Alfred stand auf, nahm einen dolchartigen Brieföffner vom Schreibtisch, hielt ihn zwischen den Händen und legte ihn schließlich vor sich, als er sich wieder setzte.

„Erzählen Sie doch ein wenig von sich und Ronny."

Noah blieb für eine Sekunde die Luft weg. Das Gespräch entwickelte sich ja in eine ganz andere Richtung als geplant. Dann läutete es an der Haustür.

„Moment."

Alfred erhob sich. Noah hörte ihn reden.

„Ja, natürlich, komm doch kurz rein."

Er hörte sie weiter reden. „Was gibt es denn?" „Marmorkuchen."

„Hier zwei Eier für dich, kannst du haben."

Alfred war ja wirklich Typ hilfsbereiter Nachbar, bei dem jeder quasi immer vorbeikommen durfte.

Noah sah sich um. Es standen Bilder auf dem Sideboard. Das war doch die Psychologin, bei er gerade war. Er machte ein Foto. Die beiden redeten noch in der Küche. Das war der ideale Zeitpunkt, um zu verschwinden. Er winkte in die Küche und sagte: „Vielen Dank und auf Wiedersehen."

„Aber Herr Theiß.."

Noah reagierte nicht, er verließ das Haus und stapfte durch den Schnee zu seinem Auto.

Noah fuhr ein Stück weg von diesem Haus, hielt an einer Parkbucht. Es war inzwischen stockdunkel. Dieser Alfred war seltsam, auch wenn er so ein netter Nachbar war, dem die Leute sicher die Haustiere im Urlaub überließen.

Er tappte im Dunklen. Von Fabienne keine Nachricht. Es war inzwischen fünf Uhr. Bis München dreieinhalb Stunden. Er legte den Kopf aufs Lenkrad. War er für diesen Job überhaupt zu gebrauchen? Dann klappte er den Laptop auf und googelte Bergmann Anke. Sein Herz machte einen Satz. Es gab nur eine Anke Bergmann in Ottobrunn.

Die Dame besuchte er noch. Er spielte Musik aus seiner Playlist. Endlich um 20.30 Uhr war er da. War das nicht zu spät? Er rief sie an. „Bergmann? Sie sind ein Freund von Ronny? Ja? Ja, sicher dürfen Sie noch vorbeikommen." Noah war erleichtert. Vielleicht erfuhr er ja doch noch etwas Wichtiges.

Er stapfte durch den Schnee zum Haus und läutete.

„Noah Theiß, wir haben telefoniert.“

„Schnell kommen Sie rein, ist kalt heute.“

Er klopfte den Schnee von den Schuhen ab und trat ins Warme. Es war angenehm hier, eine gemütliche Atmosphäre mit Holzböden und Kachelofen.

„Kommen Sie doch herein.“ Sie führte ihn ins Wohnzimmer, wo der Kachelofen für wohlige Wärme sorgte. Eine Lichterkette am Fenster ließ weihnachtliche Gefühle aufkommen.

„Was darf ich Ihnen anbieten? Tee? Aus Hagebutten selbst gepflückt.“

„Gerne.“

„So und jetzt erzählen Sie, warum Sie gekommen sind.“

„Ich kenne Ronny aus der Arbeit und habe den Kontakt zu ihm verloren. Ihr Bruder konnte mir nicht weiterhelfen, außer dem Tipp mit der Weltreise."

Anke lehnte sich zurück. „Die Weltreise. Was hat er ihnen denn über den Tod seiner Eltern erzählt?"

„Eigentlich nichts."

„Ja, der Vater, der ist übermüdet auf die Autobahn gefahren, eingeschlafen, Sekundenschlaf hieß es und ist tödlich verunglückt. Einige Wochen später ist seine Mutter gestorben. Es war alles so schrecklich. Ich war auf ihrer Beerdigung. Und sie müssen wissen, Ronnys Mutter war meine beste Freundin."

„Ah." Noah nippte an seinem Tee.

„Sie ist an einer Erdnussallergie gestorben. Ganz plötzlich."

Sie rührte in ihrem Tee. „Marina war meine beste Freundin und durch mich hat sie ihren Mann Steffen kennengelernt."

Sie nahm einen Schluck. „Eigentlich war es Alfred, der sich zuerst in Marina verliebte."

„Also Onkel Alfred?" „Genau. Und meine beiden Brüder Alfred und Steffen, ja man kann sagen, kämpften um sie. Aber Marina war sich bei Alfred nicht sicher und eines Tages fragte Steffen sie, ob sie mit ihm zum Tanzen gehen würde."

„Und?"

„Sie waren tanzen und sie waren glücklich. Wenigstens am Anfang. Dann irgendwann ist dieses Glück verloren gegangen. Es war als sie ihr erstes Kind verlor. Davon hat sie sich nie mehr erholt. Sie hat sich in ihre Welt zurückgezogen. Die Ehe mit Steffen hat darunter gelitten und irgendwann fing die Sache mit den Psychopharmaka an. Und ich weiß bis heute nicht, welche Rolle dabei Alfred als Apotheker gespielt hat. Na ja, Sie wissen ja wie diese Sache endete. Marina war todunglücklich und wollte aus der Ehe raus. Steffen hat sich mit ihr geeinigt. Und für Ronny war kein Platz mehr. Nicht bei seinem Vater, der nur an seine Karriere dachte und nicht bei seiner Mutter, die frei sein wollte. Diese Sache mit der Freiheit, das hatte sie sich bei so einer Therapie einreden lassen. Danach kam die Scheidung. Und nach der Scheidung seiner Eltern, war Alfred immer für Ronny da."

„Wie ist Ronny mit der Scheidung klargekommen?"

„Schlecht. Im Kinderhaus war es nicht einfach für ihn, wenn er diesen Alex nicht gehabt hätte, wäre es wirklich schlimm geworden.

„Und später hat er diese Tanja kennenglernt."

Es entstand eine Pause. „Und was denken Sie darüber?", fragte Noah.

„Ich weiß nicht, es wurde damals viel geredet. Aber die Psychologin, Alfred kannte sie aus seiner Studienzeit, hatte ihm bescheinigt, dass er unschuldig und traumatisiert war." Draußen schneite es weiter. Noah wurde langsam wieder warm. „Sein Onkel hat sich ja wirklich gut um ihn gekümmert.", sagte Noah.

„Ja, mehr als sein Vater. Bei mir war er immer in den Ferien. Wissen Sie, ich habe keine Kinder und ich hatte immer das Gefühl, dass ich ihm das schuldig bin, weil Marina meine beste Freundin war.

Sie hat mir sogar nach ihrem Tod per Testamentsvollstrecker einen Umschlag mit Unterlagen zukommen lassen, Unterlagen aus ihrer Therapie, also Zeichnungen und Texte, die sie verfasst hat. Ich habe sie kürzlich beim Aufräumen wieder gefunden und Ronny ins Baumhaus gelegt. Diese Unterlagen stehen nur ihm zu."

Sie atmete tief durch. Noah spürte wie sehr sie das alles belastete. Aber er fragte trotzdem weiter.

„Und nach dem Tod seiner Eltern ist Ronny aufgebrochen."

„Ja, er hat es hier nicht mehr ausgehalten. Obwohl er sich sonst hier immer gut erholt hat. Wissen Sie Ronny ist ein guter Junge, aber das wissen Sie ja. Er hat einfach nur viel Pech gehabt in seinem

Leben. Als kleiner Junge war er so ein Wirbelwind."

„Das ist schon toll. Aber wo ist denn nun das Baumhaus von Ronny, er hat so viel davon erzählt?"

„Das ist da hinten im Garten. Sie können es sich anschauen, aber bei dem Schnee. Wollen Sie nicht ein anderes Mal vorbeikommen?"

„Ach was."

„Na, denn." Sie öffnete die Terrassentür und ein wenig Schnee fiel ins Zimmer. „Gerade aus, dann sehen sie es. Sie können die Sprossen am Baum hochsteigen. Es ist offen."

Noah stapfte durch den Schnee bis zum Baum und tastete nach den Holzsprossen. Sie waren voller Schnee, er musste jede einzeln vom Schnee befreien. Aber er kletterte die fünf Sprossen nach oben, hielt sich fest und drückte gegen die

Tür. Der Raum war vier oder fünf Quadratmeter groß. Ein Korbstuhl, ein Tisch und ein Schrank. In dem lagen alte Autozeitschriften, ein Fachbuch über toxische Stoffe und unter den Zeitschriften eine alte Kladde. Das sah wie ein Tagebuch aus. Noah packte es in seine Jacke. Er sah sich weiter um. Auf dem Schreibtisch lag eine Mappe. Marina Bergmann. Zeichnungen. Das mussten die Unterlagen aus der Therapie sein. Er blätterte sie durch. Da lagen zwischen den Zeichnungen Texte. Das sah interessant aus. Er zögerte. Die Mappe brachte er nicht in die Jacke. Also fotografierte er die beschriebenen Seiten mit dem Handy. Seine Hände wurden klamm und sein Magen knurrte.

Er bemerkte, dass er seit dem Frühstück nichts mehr gegessen hatte. Seine Energie ließ nach.

Es wurde Zeit zu gehen. Er legte die Mappe zurück, wie er sie vorgefunden hatte, schloss die Tür und taste nach der nächsten Sprosse. Er rutschte, krallte sich fest, verlor den Halt und fiel in den Schnee.

Der Pulverschnee dämpfte seinen Aufprall, trotzdem fühlte er sich benommen, als er aufstand und den Schnee abklopfte. „Alles in Ordnung?", fragte Anke dann im Haus. Sie sah ihm den Sturz an.

„Ja, danke. Und vielen Dank für ihre Zeit. Ich muss jetzt los, es ist schon spät."

Zurück im Wagen, suchte er im Internet nach einem Dönerladen, der offen hatte, fand aber nichts und er entschied sich, direkt nach Hause zu fahren und dann einen Lieferdienst zu bemühen. Er war müde, hungrig und frustriert. Er hatte nichts Konkretes herausgefunden, nur viel über Ronnys Familie und dass Ronny vermutlich Tanja auf dem Gewissen hatte, aber dafür gab es keinen Beweis.

Er fuhr langsam durch die Stadt und war froh, als er endlich vor seiner Wohnung parkte. Die Anspannung, die Anstrengung, bei diesem Wetter Auto zu fahren, hatten an ihm gezehrt. Es wurde Zeit. Endlich zu Hause, schälte Noah sich aus seiner Jacke, hing sie zum Trocknen auf, und duschte heiß. Danach fühlte er sich wieder wie ein Mensch und bestellte einen Burger für sich. Mit dem ersten Energie-Drink des Tages begann er seinen Abend.

Keine Neuigkeiten von Fabienne. Die Bankkonten sind gesichert, schrieb Ellen.

Und nun breitete er seinen Fund aus. Die zerschlissene Kladde von Ronny. Ein Tagebuch. Er blätterte durch. Und blieb an einem Zeitungsausschnitt hängen. Das Unglück am See – Tanja.

In krakeliger Schrift stand da:

Das wird sie mir büßen. Eine Wette. Was hat sie gewonnen? Ich habe sie geliebt und sie hat mich nur benutzt. Und ich weiß auch schon wie. Es wird wie ein Unfall aussehen. Denn Mädchen gehen doch gerne aufs Eis oder nicht? Ich muss nur ein wenig geduldig sein, darf mir nichts anmerken lassen.

Zwei Wochen später:

Der See friert langsam zu, aber das Eis ist nur am Ufer so fest, dass es einen Menschen trägt. Wir werden bald einen Spaziergang machen, die süße Tanja und ich.

Zwei Tage später:

Es ist so weit. Ich habe sie heute darum gebeten, noch mal über alles zu reden. Zuerst wollte sie nicht, aber dann hat sie doch nachgegeben. Und dann war es so weit. Nach der Studierzeit sind alle rausgegangen. Natürlich dürfen wir nicht aufs Eis.

Anfangs hat sie gelacht und gesagt, es wäre schon sehr lustig gewesen, wie ich ihr auf den Leim gegangen bin. Als wir dann am See waren und ganz allein, weil die meisten gleich wieder ins Haus wollten, hatte sie plötzlich Angst, ich habe die Angst in ihren Augen gesehen.

„Laß uns zurückgehen." hat sie gesagt. Und da habe ich ihr das Messer gezeigt und gesagt.

„Jetzt machen wir beide eine Wette."

Ihre Augen wurden immer größer. „Aber Ronny."

„Ich wette mit dir, dass du gleich einmal über den See läufst bis auf die andere Seite." „Nein, Ronny, das Eis trägt nicht, nicht in der Mitte."

„Du läufst."

Ich habe ihr das Messer unter die Nase gehalten, sie wurde blass und ging raus aufs Eis. Dann ist sie stehen geblieben. Einfach so.

„Weiter, Tanja, weiter." Dann blieb sie stehen. Das Eis knackte. Sie starrte auf irgendwas hinter mir, ich drehte mich um, sah Mariella. Wo kam die her?

„Hau, ab." Mariella lief weg. „Weiter Tanja, weiter."

„Und wenn nicht?"

„Dann sehen wir, was man mit einem Messer alles tun kann."

Dann ging sie zwei Schritte noch und brach ein. Ich bin stehen geblieben. Und habe gerufen.

„Tanja nicht." Und zu Mariella, die wieder näher kam, „Schnell, hol Hilfe."

Die Hilfe kam natürlich zu spät.

Noah

Das war ein Geständnis. Das war nicht gut für Fabienne, wenn sie immer noch in diesem Hostel war.

Es klingelte. Der Burger. Noah öffnete zitternd die Tür. „Danke." Er verzehrte ihn hastig und wischte sich die Hände an der Serviette ab. Vorsichtig räumte er alles weg,

Ronnys Tagebuch durfte keinen Fettfleck abbekommen.

Beklommen las er weiter.

Es war super. Aber Mariella hat natürlich geredet. Ich wurde befragt und habe den hilflosen Freund gespielt, der Tanja von dieser Aktion abhalten wollte.

Erst hat die Heimleitung das angezweifelt, aber dann hat mir Onkel Alfred diese Psychologin besorgt, die ist echt super. Ich bin nur der „liebe Junge" für sie und Mariella, das Gör, das sich wichtigmachen will. Jedenfalls glauben jetzt alle an einen Unfall und die arme kleine Mariella wurde in ein anderes Heim verbannt. Tja, hätte sie mal die Klappe gehalten.

Noah hatte das Gefühl, eine eisige Hand griff nach seiner Kehle. Dieser Ronny war ein Psychopath, da war er sich sicher. Wenn sich doch bloß Fabienne melden würde.

Er blätterte weiter im Tagebuch. Es kamen Aufzeichnungen zu Onkel Alfred und Tante Anke.

Bei Tante Anke ist es immer total entspannt, Fernsehen so viel ich will, sie kocht meine Lieblingsgerichte und ich habe ein Baumhaus, das nur mir gehört. Tante Anke würde da nie hochsteigen. Also sind meine Geheimnisse hier sicher. Nur Tante Ankes Freund sieht mich manchmal prüfend an, er weiß nicht, was er von mir halten soll. Aber er sagt nichts. Wir gehen uns aus dem Weg. Aber Tante Anke, für die bin ich auch nur der „liebe Junge". Sie will gut machen, was meine Mutter verbockt hat.

Im Sommer

Ich weiß jetzt, warum mit dieser Psychologin, dieser Barbara, alles so gut lief. . Die ist ganz wild auf Onkel Alfred. Ich habe sie letztes Wochenende bei ihm getroffen. Die checkt echt überhaupt nichts. Die ist so verliebt in den, und merkt nicht, dass er sie nur benutzt.

Sie sieht gut aus, und wenn er irgendwo mit Begleitung erscheinen soll, dann ist sie erste Wahl. Soweit habe ich ihn durchschaut, warum er mir geholfen hat? Ich glaube, wir sind uns irgendwie ähnlich. Und wir beide haben etwas gemeinsam, wir können beide meine Eltern nicht leiden. So wie die sich wieder aufgeführt haben. Erst geben sie mich in diesem Heim ab, weil meinem Vater die Karriere wichtiger war als ich und meine Mutter, die ist total durchgeknallt, abhängig ist die, und sie suchte nur ihr persönliches Glück, ihre Freiheit. Sie hat sich davon gemacht und uns im Stich gelassen. Nicht einmal in dieser Situation wollte sie mich unterstützen. Sie ist zwar gekommen, hat aber nur gefragt: „Was hast du getan?"

Sie ist definitiv die Einzige, die die Wahrheit kennt. Die Einzige, die sich nichts vormachen lässt. Sie scheint in mein Gehirn reinzukriechen und sie kennt meine Gedanken, meine geheimen Wünsche und meine Natur. Mein Vater hat nur gefragt, ob er mir einen guten Anwalt besorgen soll. Aber das war ja dank Onkel Alfred nicht nötig.

Überhaupt sind sich die Geschwister, also mein Vater, Onkel Alfred und Tante Anke nicht besonders ähnlich. Onkel Alfred ist ein vollkommen anderer Typ. Er ist größer als die beiden und sportlicher. Nur ehrgeizig sind sie alle. Mein Vater ist Wirtschaftsprüfer, Onkel Alfred Apotheker und Tante Anke Chefsekretärin. Beruflich haben sie es alle gepackt. Und ich weiß jetzt auch, warum sie so unterschiedlich sind. Onkel Alfred stammt aus einer früheren Beziehung meiner Oma. Ihr erster Mann kam aus dem Krieg nicht mehr zurück. Deshalb ist Alfred anders als seine zwei jüngeren Geschwister. Aber das habe ich nur am Rande erfahren, als Tante Anke sich mit ihrer Cousine bei dieser langweiligen Familienfeier unterhalten hat.

Noah blätterte weiter. Einige Seiten lang hatte er nur Fotos von

Greifvögeln eingeklebt. Adler, Bussarde, Falken. Dann kam über Jahre nichts.

Erst vor einem Jahr fingen die Aufzeichnungen wieder an. Ronny hatte ein Mädchen kennengelernt und sich verliebt. Sie hatte mit offenen Karten gespielt, ihm gesagt, dass es einen Freund hatte.

Ronny zog sich zurück. Und er war wütend.

Onkel Alfred versteht mich. Er weiß, wie es ist zurückgewiesen zu werden. Und schuld daran sind meine Eltern. Wenn sie mich nicht weggegeben hätten, wäre mein Leben anders gelaufen. Und ich hätte sie rumgekriegt. Der Geruch des Kinderhauses haftet immer noch an mir und wird mir ein Leben lang bleiben.

Wie ich die beiden hasse, mit ihrem Egoismus haben sie alles zerstört. Ich werde mich rächen.

Onkel Alfred hat mich zu den Sportschützen mitgenommen. Er will mich ablenken und das gelingt ihm damit auch. Es ist toll. Er meint, ich hätte Talent. Und er hat mir eine seiner Wohnungen vermietet, für den halben Preis. Ich wohne jetzt näher bei ihm und näher bei der Firma. Im Grunde ist er wie ein Vater für mich.

Und er hasst meine Eltern genauso sehr wie ich. Aber ich weiß nicht warum. Aber es ist auch egal. Meinen Vater habe ich neulich zufällig getroffen. Er fragte nicht, wie es mir geht, sondern wie es im Job läuft. Und mit meiner Mutter habe ich schon ewig nicht mehr gesprochen.

Im April

Ich habe herausgefunden, dass Lea keinen Freund mehr hat, aber sie akzeptiert mich nicht. Sie hat es sofort gesagt. Ohne Grund. Wieder jemand, der mich ohne Grund ablehnt. Am liebsten würde ich sie umbringen. Onkel Alfred hat nur gelacht und gemeint, ich sollte da mal lieber bei meinen Eltern anfangen, die wären an allem schuld.

Ich habe überlegte wie. Da sagte er zu mir. „Laß es doch wie ein Unfall aussehen, hat doch bei Tanja gut geklappt."

Er wusste es die ganze Zeit über. „Und wie soll ich es machen?"

Er legte seine Stirn in Falten und meinte. „Also, wenn es dir ernst ist, ich kann dir behilflich sein."

Ich war baff. Er wollte mir helfen. „Wie?", fragte ich.

Er lehnte sich zurück, nahm einen Schluck Bier und sagte. „Also besuche erstmal deinen Vater und stelle fest, ob er immer noch so viel arbeitet. Dann schleichst du dich in sein Leben und findest eine günstige Gelegenheit."

„Wie?"

„Mach einfach."

Also besuchte ich meinen Vater ein oder zweimal im Monat. Der Typ ist wirklich strange. Nur die Karriere im Kopf, nur Zahlen. Sonst nichts. Und er fährt oft abends noch in eine andere Stadt, damit er morgens schon beim

Mandanten ist. Wie bescheuert kann man sein. Ich habe es Alfred erzählt. Der meinte: „Das ist doch ideal."

„Wofür?"

„Besuch ihn bevor er losfährt und kippe ihm ein paar Tropfen in den Kaffee. Er schläft dann beim Fahren ein. Man wird sagen Übermüdung."

Ich war begeistert, aber mein Vater hatte keine Lust, mich zu sehen, wenn er nachher wegfuhr. Irgendwann bin ich einfach bei ihm vorbeigekommen, ohne Anmeldung.

„Ach, Ronny, ich bin auf dem Sprung."

„Kann ich nicht noch kurz reinkommen?"

„Ja, wenn es sein muss." Er sah blass aus, gestresst, überanstrengt.

„Warum willst du noch weg?" Er setzte sich in den Wohnzimmersessel, der so ein industrielles Designerteil aus den 7oiger Jahren war.

„Warum willst du das wissen?"

„Ich bin dein Sohn. Warum bist du so auf Arbeit fixiert?"

„Ach, Ronny, warte, ich mache uns einen Kaffee." Er sah traurig aus. „Ronny, meine Arbeit, das ist mein Leben. Deine Mutter habe ich mit unserem ersten Kind verloren. Und ich habe mich nie mehr verlieben können."

In diesem Moment spürte ich seine Traurigkeit und seinen Schmerz. Er teilte etwas von seinem Leben mit mir. Zum ersten Mal, warum ausgerechnet jetzt? Ein Teil des Schmerzes erfasste mich mit voller Wucht. Aber ich wollte ihn doch, ich wollte doch Rache. Und ich konnte es nicht tun. Ich fuhr nach Hause. Und es passierte etwas, wofür ich keine Erklärung habe. Ich habe geheult. Vor Wut, Schmerz und Traurigkeit. Das habe ich Alfred nicht erzählt. Nur gesagt, dass es wieder einmal nicht gepasst hatte. Ich versuchte es wieder. Dieses Mal würde ich mich nicht einlullen lassen und es funktionierte.

„Ronny, ich habe heute keine Zeit für dich."

Das war der Satz. „Du hattest nie Zeit für mich."

„Ok. Einen schnellen Kaffee in der Küche im Stehen. Dann muss ich los."

Er stellte die Tassen hin. Milch war da.

„Hast du Zucker?"

„Seit wann trinkst du mit Zucker?"

„Mache ich manchmal."

Er drehte sich um und holte den Zucker aus dem Schrank. Gerade Zeit genug, die Tropfen in seinen Kaffee zu geben.

„Weißt du was, lass uns nächste Woche Essen gehen, ich lade dich ein."

Zu spät, dachte ich. Zu spät. Wir tranken aus. Er stellte die Tassen in den Spüler. Und komplimentierte mich hinaus. Sein Wagen war gepackt und er fuhr los.

Ich fuhr nach Hause. Ich weiß nicht, was ich ihm gegeben hatte, aber man sprach von Sekundenschlaf auf der Autobahn. Er war in einen Pfeiler gedonnert. Sofort tot. Ich erbte alles.

Danke Onkel Alfred.

Tante Anke hat mich für ein paar Tage eingeladen, zum Erholen.

Ich habe viel gelesen hier und über mein Leben nachgedacht. Über mich, Alfred und meine Eltern.

Die Nächste wird meine Mutter sein. Sie war auf der Beerdigung von meinem Vater. Sie hat nicht geweint. Aber sie hat mich gesehen und gesagt, dass sie mich gerne öfter treffen möchte.

Warum jetzt? Warum nie vorher? Warum hat sie mich abgegeben?

Sie sieht nicht wie eine Süchtige aus. Im Gegenteil ich hatte das Gefühl, sie genießt ihr Leben.

Noah legte die Kladde weg. Was war dieser Ronny nur für ein Typ? Er kam wie ein normaler Mensch rüber und war in Wirklichkeit ein Raubtier, dem man besser nicht begegnete. Er warf einen Blick auf seine Nachrichten. Nichts von Fabienne dabei.

Onkel Alfred hat meine Mutter einmal angestarrt, da war mir nicht klar, ob er sie hasst oder liebt. Jedenfalls hat sie mit ihm kein Wort gesprochen. Sie ist ihm den ganzen

Nachmittag über aus dem Weg gegangen, hat sich mit Tante Anke unterhalten.

Als er sich von ihr verabschiedet hat, ist sie blass geworden. Und ich weiß nicht, ob ich es richtig verstanden habe, aber ich glaube, er hat sie zu sich eingeladen. Nur verstehe ich nicht, warum er mich dann bei meinen Plänen unterstützt. Denn sie ist an allem schuld und sie muss büßen.

Ich brauche einen Plan. Es soll wie ein Unfall aussehen. Und ich habe da auch schon eine Idee, für die ich Alfreds Hilfe nicht brauche.

Meine Mutter hat eine Erdnussallergie. Pech aber auch. Ich werde sie besuchen. Zum Kaffeetrinken und Gebäck mitbringen. Irgendwas, wo sich Nussspuren nicht ausschließen lassen.

Und ich werde das Gebäck präparieren, mit Erdnusspulver. Es wird schnell gehen. Leider bin ich dann mit dabei. Aber mit irgendwas muss man ja leben.

Alfred werde ich nichts davon sagen. Am Ende verdirbt er alles. Ich werde sie mal anrufen.

Sie hat sich tatsächlich über meinen Anruf gefreut. Will sie ihr Leben jetzt ins Reine bringen oder was? Ein Kind weggeben und später sagen: „War doch alles gut so oder? Und jetzt haben wir eine super Eltern-Kind-Beziehung."

Die wird sich noch wundern.

Ich bin mal die Konditoreien in ihrer Gegend abgefahren, zwei davon haben Flyer, wo was drinnen ist. Interessante Lektüre. Und bei zwei Teilchen können Nuss-Spuren nicht ausgeschlossen werden. Davon werde ich zwei kaufen. Und eines davon vorbereiten. Das zweite ist das Ersatzteil, das man finden wird. Und ich esse was anderes.

Ich bin vorbereitet. Aber sie lässt sich Zeit. Es passt immer nicht. Das ärgert mich.

Ich bin eingeladen, morgen ist es so weit. Um 14.30 Uhr bei ihr. Schön hat sie es. Eine Dreizimmerwohnung ganz für sich. Sie hat im Wohnzimmer gedeckt. Sie hat ihre Locken hochgesteckt und trägt eine Brille. Sie wirkt sympathisch, beinahe so wie Tante Anke. Aber sie ist eben meine Mutter.

„Oh, Ronny, danke, das wäre doch nicht nötig gewesen."

Sie hat selbst gebacken. Wenn das mal gut geht. Kirschkuchen.

„Den mochtest du als Kind doch so gerne."

„Ja, stimmt."

Sie tut mir auf und gibt einen Klecks Sahne drauf und dann fragt sie mich über mein Leben aus. Sie macht mich nervös. Und am Ende gibt sie mir die Teilchen und den halben Kuchen mit.

Hat sie es geahnt oder mag sie die Teilchen einfach nicht? Ich verstehe das nicht und ich fühle mich wieder wie der „Kleine Ronny", als ich das Haus verlasse. Und ich fühle mich wieder so schwach. Diese Schwäche.

Es gibt nur einen einzigen Weg sie zu überwinden. So wie bei Tanja. Aber es soll wie ein Unfall aussehen.

Die Teilchen landen im Müll.

Die nächsten Wochen lese ich sämtlich Zutatenlisten von allen möglichen Lebensmitteln. Da muss es doch was geben. Am Ende lande ich bei Eiscreme.

Ich bringe welche mit, natürlich mit einer speziell vorbereiteten Soße. Sie bekommt ihr Eis mit ich meines ohne. Die Nuss-Spuren in der Eiscreme würden nie im Leben reichen, um sie umzubringen. Ich bringe sie in der Kühltasche mit.

„Heute müssen wir schnell sein."

„Oh, Ronny danke."

Ich richte das Eis an. Ich habe in einen Portionierer investiert, die Kugeln sind perfekt, die Schokostreusel verdecken alles. Und ich kippe über ihre Portion die gekaufte Eissoße und über meine nur einen Klecks davon.

Wir setzen uns. Ich bin gespannt, aufgeregt, mein Gefühl sagt mir: „Heute wird es klappen."

Sie nimmt den Eislöffel und fängt an, erst ein wenig Eis, dann die Soße. Sie braucht nur zwei Löffel davon, dann fängt sie an, nach Luft zu schnappen. Sie keucht: „Erdnussallergie."

Dann kippt sie weg. Ich esse ihre Portion auf, stelle mein Eis hin, tausche die Löffel, und lasse die präparierte Soße verschwinden, bevor ich den Krankenwagen rufe.

Es ist nichts mehr zu machen. Als der Krankenwagen kommt, halte ich ihre Hand.

Alle haben Mitgefühl mit mir. Es ist die zweite Beerdigung in kurzer Zeit. Tante Anke lädt mich wieder ein. Aber Onkel Alfred kommt ihr zuvor. „Der Junge kommt erstmal mit zu mir."

Das irritierte mich ein wenig. Aber ich besuchte ihn. Wir setzten uns in sein Arbeitszimmer.

„Also, mein Lieber, du hast gut gearbeitet, aber das ging ein wenig zu schnell mit den beiden. Deshalb wäre es das Beste, wenn du ein wenig verschwinden würdest. So aus Trauer auf Weltreise gehen. Was hältst du davon?"

„Ich weiß nicht."

„Ja, ich meine, du solltest jetzt ein neues Leben anfangen. Jetzt wo wirklich alles vorbei ist."

Ich war nicht überzeugt. „Also", sagte er dann, „ich weiß nicht, ob das ganze nicht doch noch polizeiiche Untersuchungen nach sich zieht. Ich würde sagen, begib dich ins Ausland. Sei mal ein anderer."

„Wie jetzt?"

„Ich habe andere Papiere für dich. Du bist frei. Und in ein paar Jahren, wenn über die Sache Gras gewachsen ist, kommst du zurück oder auch nicht."

Ich überlegte, wie kam er auf die Idee, dass die Polizei den Fall überprüfte? Und ich hatte keinen Schimmer.

„Weißt du, deine Mutter hatte Arbeitskollegen. Und die finden es sicher seltsam, die Sache mit der Erdnussallergie. Ich habe da auf der Beerdigung mit ein paar Leuten geredet."

Es war mir nicht aufgefallen.

„Ja, und die haben daran gezweifelt, dass man sich an Schokoeis eine Überdosis Erdnuss holen kann. Auch als Allergiker."

Ich wurde nervös. Das Gefühl der Schwäche war zurück. Ich knetete meine Hände und fing an zu schwitzen.

Alfred klopfte mir auf die Schulter.

„Also, Junge. Das ist alles kein Problem. Glaub mir. Hast du nicht diesen Freund auf Jamaika?"

Jamaika war um die halbe Welt und ja dort war Alex. Dieser Alex aus dem Kinderheim. Am Ende landete ich wieder dort. Alle Wege führten mich zurück. Aber ich werde seinem Vorschlag folgen. Ich verabschiede mich von Tante Anke, sage ihr nicht, wohin ich genau fahre. Erzähle was von einer Weltreise. Sie sieht mich traurig an und sagt nur: „Dass das alles so enden muss." Sie denkt daran wie sie und meine Mutter jung waren.

Ich packe, fliege nach Portugal. Von dort aus geht es mit dem Schiff weiter. Alfred weiß nichts davon. Ich traue ihm nicht mehr. Und ich frage mich, welchen Vorteil zieht er aus der

Geschichte. Denn, wenn ich etwas weiß, dann dass er nichts ohne Grund macht.

Noah legte die Kladde beiseite. Es war schon spät. Sollte er sich jetzt noch die Unterlagen von Ronnys Mutter ansehen. Es war schon egal jetzt. Er holte sich eine Tüte Chips aus dem Schrank. Notfallration.

Und lud die Fotos vom Handy auf den Computer, damit er das alles vergrößert lesen konnte.

Aufzeichnungen

Es ist Therapie. Ich soll aufschreiben, was mich in die Sucht getrieben hat. Und ich weiß es genau. Es ist Alfred.

Es begann so.

Anke und ich lernten uns über den Sport kennen. Jazzdance. Obwohl ich sechs Jahre jünger war, wir verstanden uns sofort. Natürlich trafen wir uns nachmittags öfter, entweder bei mir oder bei den Bergmanns. So ging das eine ganze Weile. Natürlich lernte ich auch ihre Brüder Alfred und Steffen kennen. Steffen war 8 Jahre älter als ich und Alfred 14 Jahre älter. Und irgendwann waren wohl beide Brüder in mich verliebt. Erst Alfred, dann auch Steffen. Und bei Alfred fehlte mir irgendwas. Ich war nicht wirklich glücklich. Aber mit Steffen war es schön. Wir verstanden uns ohne Worte.

Irgendwann gingen Steffen und ich tanzen. Als Alfred uns sah,

Händchen haltend, starrte er uns an. Er war so böse, dass ich Angst bekam. Steffen schüttelte das alles ab.

„Die Sache ist entschieden. Alfred kann uns mal."

Das hätte auch gut gehen können. Aber ich war gerade mal 20, als ich schwanger wurde. Steffen hatte seinen ersten Job. Unser Glück war perfekt. Und dann passierte etwas, mit dem niemand gerechnet hatte. Ich war im fünften Monat, eigentlich war da die gefährliche Zeit in der Schwangerschaft vorbei, da verlor ich mein Baby. Ich habe nichts gemacht, wir waren zu Hause, haben einen Film geschaut. Alfred kam vorbei, wir tranken Kaffee und Tee, er brachte meinen Lieblingskuchen vorbei. Ich hatte gerade mal drei Gabeln davon gegessen. Da setzten Wehen ein. Steffen brachte mich ins

Krankenhaus. Es war nichts zu machen.

Steffen und ich haben das kaum verkraftet. Steffen hat sich in die Arbeit gestürzt. Und mein Leben wandelte sich in Dunkelgrau. Ich war todtraurig. Am liebsten wäre ich damals gestorben. Ich ging zum Arzt, bekam Antidepressiva. Es ging mir besser, nur dann wollte der Arzt sie mir nicht mehr verschreiben. Aber ich bin ohne nicht ausgekommen.

Da bin ich an einem Tag, an dem es mir wirklich richtig schlecht ging, zu Alfred in die Apotheke.

„Bitte ich brauche die Tabletten."

„Hm, eigentlich geht das nur gegen Rezept.", sagte er und zog die Augenbrauen hoch.

„Aber ich gebe sie dir. Zumindest heute. Ich sehe ja wie schlecht es dir geht."

Er tätschelte meine Hand, ging dann in den Lagerraum und brachte mir eine Packung mit 100 Tabletten.

„Danach geht es dir sicher besser und du kannst sie absetzen."

Es ging mir besser damit. Viel besser. Auch mit Steffen lief es besser. Aber die Tabletten machten abhängig. Er hat mich nicht darauf hingewiesen. Beim nächsten Mal sagte er: „Du solltest mal das Fabrikat wechseln." Er gab mir andere Tabletten. Sie waren stärker als die anderen. Aber ich nahm sie weiter.

Erst dachte ich, Alfred macht das aus Freundschaft. Aber es war anders. Als Steffen einmal auf Geschäftsreise war, hat er mich besucht. Er wolle mir die neuen Tabletten vorbei bringen, sagte er. Es war schon spät, sicher nach 21 Uhr. Aber ich sagte zu. Ich hatte nur noch zwei von den Tabletten und wusste, dass ich ohne sie nicht mehr konnte. Er läutete. Ich öffnete ihm und roch den Alkohol. So hatte ich ihn noch nie gesehen. Er trat sofort ganz nahe an mich heran. Ich konnte seinen warmen Atem auf der Haut spüren. Er hielt mich fest, hielt mich fest wie ein Schraubstock. Ich konnte nicht mehr. Dann küsste er mich.

„Sei nicht so widerspenstig. Für die Tabletten könntest du schon ein wenig entgegenkommender sein."

Ich wollte mich wehren, aber er garantierte mir, dass er mich in die Psychiatrie bringen würde. Da bekam ich Angst und erfüllte seine Wünsche.

Von jetzt an kam er immer, wenn Steffen auf Dienstreise war. Und Steffen war oft unterwegs. Er wollte Karriere machen.

„Ich tue es doch für uns." Irgendwie ja und irgendwie nein. Es war sein Weg, mit dem Tod unseres Babys klarzukommen. Andererseits hat er es auch für sich getan und ist in der Welt der Zahlen verschwunden, hat sich mir entzogen.

Ich will nicht mehr daran denken.

Ich wurde wieder schwanger. Dieses Mal war es anders. Alles lief glatt. Aber vom ersten Moment an wusste ich, Ronny ist Alfreds Sohn. Ich habe es sofort gespürt und Steffen auch. Auch wenn wir nie darüber gesprochen haben. Ich habe diesen Verdacht später per DNA-Test überprüft. Und meine Vermutung wurde bestätigt. Niemand weiß davon. Steffen nicht, Alfred nicht und Ronny auch nicht.

Und Ronny wird Alfred immer ähnlicher. Und davor hatte ich Angst. Vielleicht war das der Grund, dass ich einen Schlussstrich ziehen wollte. Aufräumen mit allem. Mit der erzwungenen Affäre mit Alfred. Mit dem Kind, das irgendwie nicht mein Kind war und der Angst, dass irgendwann doch alles auffliegen würde. Alfreds Drohung mit der Psychiatrie verfolgte mich und ich ging die Sache vorsichtig an. Ich fand eine verständnisvolle Ärztin, die mich unterstützte.

Ich wollte mein Leben wieder selbst bestimmen, frei sein, und unabhängig. Wer ist schon gerne süchtig. Es kostete mich viel Überwindung, mich zur Therapie anzumelden. Auch noch stationär. Aber es ist die einzige Möglichkeit aus der „Sache" rauszukommen. Aus der Sache mit Alfred, aus meiner inzwischen unglücklichen Ehe. Und ich wollte mich von einem Kind befreien, das ich nie wollte. Ein Kind von einem Menschen, der mir unangenehm war. Und wie viel ist bei einem Menschen nun Erziehung und wie viel ist vererbt?

Alfred war schon als Junge irgendwie anders. Anke, seine Schwester hat mir erzählt, dass er einen Wurf junge Katzen umgebracht hat. Er hatte Spaß dabei. Anke war damals entsetzt von ihm. Er macht alles aus Berechnung, die Tabletten bei mir. Anke hat er ihren Erbteil abgelöst. Praktisch für nichts. Aber sie brauchte damals das Geld. Ich habe nie über diese Sache mit ihr gesprochen. Aber sie ahnt etwas. Und sie fühlt sich schuldig.

Mit Steffen bin ich im Guten auseinandergegangen. Wir hatten uns schon lange verloren und waren uns fremd geworden. Irgendwie war er mir sogar dankbar, dass ich den Schritt tat. Und Ronny. Ich dachte, Erzieher, die ihn neutral sehen, sind für ihn vielleicht die bessere Wahl. Ich hoffe, ich habe mich da

nicht getäuscht. Und Anke, sie tut
alles für Ronny. Und seit Steffen
und ich geschieden sind und Ronny
im Heim ist, tut Alfred, ganz der
gute Onkel alles für Ronny. Seinen
Sohn.

Noah atmete tief durch. Er schickte
alles, die Unterlagen von Ronnys
Mutter und einen Scan von Ronnys
Tagebuch an Ellen. Mit dem Hinweis.
„Ich fliege nach Jamaika. Fabienne
zurückholen. „Judy`s Farmhouse-
Lodge" Port Antonio.

Dann buchte er sich einen Flug.

08. Januar, Alfred, Tübingen

Er verabschiedete seinen Nachbarn,
mit dem er gelegentlich auf eine

Partie Schach verabredet war. Dieser Noah war sicher kein Freund von Ronny. Ronny hatte keine Freunde. Es war eigentlich schon zu spät, aber er griff nach seinem Parker, die warme Fellmütze und machte sich auf den Weg zu Ronnys Wohnung zwei Straßen weiter. Er sperrte auf, horchte hinein. „Ronny?"

Keine Antwort. Er machte Licht an. Ronny war jedenfalls nicht hier. Trotzdem irgendwas oder irgendjemand hatte diesen Noah auf den Plan gerufen und Noah war dabei, seine eigenen lang gehegten Pläne zu zerstören. Das ließ er sich nicht bieten. Er machte einen schnellen Rundgang durch Ronnys Wohnung. Alles leicht verstaubt, der Kühlschrank leer, vom Netz genommen. Es war alles genauso, wie Ronny es hinterlassen hatte, als er auf seine „Weltreise" ging.

Barbara, dämlich wie sie war, hatte Noah zu ihm geschickt. Aber vielleicht wusste sie mehr. Er sollte Barbara besuchen, unangekündigt, gleich morgen früh. Er löschte das Licht, sperrte ab und kehrte zurück in sein Haus.

Er setzte sich ins Wohnzimmer und stierte in die Luft. Wer war dieser Noah? Warum tauchte er hier auf?

Dabei hatte er alles so schlau eingefädelt. Erst kamen Ronnys Eltern an die Reihe, dann der kleine Ronny. Er schickte Ronny auf Weltreise, von der er am besten nie zurückkehrte. Und dann meldete er Ronny als vermisst, und ließ ihn dann für tot erklären.

Das würde zwar ein wenig dauern, aber er würde alt genug werden, um Ronny zu beerben. Wenn Ronny vorzeitig hier auftauchte, dann würde er Ronny wohl umbringen müssen.

Er dachte an Marina, Ronnys Mutter und Steffen, seinen jüngeren Bruder. Die beiden waren so glücklich und so stolz, als Marina ihr erstes Kind erwartete. Und da hatte er die beiden zum Kaffeetrinken eingeladen. Marina bekam Tee, sie trank während der Schwangerschaft ja keinen Kaffee. Im Tee war die Tablette, die ihr ungeborenes Kind tötete und die Wehen auslöste. Es kam alles so, wie er es sich vorgestellt hatte. Marina verkraftete den Verlust nicht und wurde von seinen Psychopharmaka abhängig und dann bekam er sie doch. Wenn Ronny sich seinem Willen nicht beugte, würde er schon sehen, was dann mit ihm passierte. Aber bisher folgte Ronny seinen Anweisungen. Er, Alfred, hatte regelmäßig seine Wohnung durchsucht, um festzustellen, ob Ronny irgendwo Unterlagen hortete,

die ihn, Alfred, belasten konnten.
Irgendwelche Aufzeichnungen über
ihre Gespräche, ihre
Mordfantasien. Aber da war nichts.
Ronny hielt sich an seine
Anweisungen.

09. Januar, Alfred bei Barbara, Tübingen

Am nächsten Morgen machte er sich
auf den Weg zu Barbara. Sie empfing
ihn im Bademantel.

„Heute habe ich frei.", sagte
sie. Barbara freute sich wie immer
über seinen Besuch.

„Ja, und du hast hoffentlich
Zeit für mich.", sagte Alfred,
während er den Mantel auszog.

„Lass uns zusammen frühstücken."

„Gut. Aber ich habe nicht viel
Zeit."

Sie goss ihm Kaffee ein. „Gestern
hast du einen Noah Theiß bei mir
vorbeigeschickt."

„Ja, er war hier wegen Ronny, ein Kollege aus der Arbeit." Sie nahm einen Schluck Kaffee. „Wobei ich mir nicht ganz sicher bin, ob die Geschichte stimmt, die er mir erzählt hat. Seine Story klang teilweise ein wenig holprig. Naja, du weißt schon, wie frisch ausgedacht."

„Den Eindruck hatte ich auch." Er sah sie wie elektrisiert an.

„Was weißt du noch über diesen Noah Theiß?"

Sie lächelte ihr Joker Lächeln. „Ich habe seine Adresse." „Sehr schön."

„Moment." Sie holte den Block aus dem Wohnzimmer.

„Hier bitte, er ist aus München."

München, Alfred dachte an Anke. Ob sie ihn hierhergeschickt hatte? Er hatte sie zum letzten Mal im Herbst besucht. Sie saßen draußen im Garten unter ihrer Pergola. Sehr idyllisch und sie war besorgt, dass sie nichts mehr von Ronny gehört hatte. Sie befürchtete schon, dass ihm etwas zugestoßen war. „Mittelamerika, weißt du, das ist gefährlich."

Er hatte ihr zugestimmt und gesagt, dass man den armen Jungen dann irgendwann als vermisst melden sollte. Sie hatte ihn schockiert angesehen. Sein Blick war auf das Baumhaus gefallen und sie hatte gesagt, es wäre Ronnys Rückzugsort. Davon hatte er nichts gewusst. Und er war hochgeklettert, bevor sie ihm ins Gewissen reden konnte, von wegen Privatsphäre und so. Seine kleine dumme Schwester. Er hatte sich umgesehen. Schreibtisch, Stuhl, Schrank mit alten Zeitschriften. Alles uralt. Hier hatte Ronny mit Sicherheit nichts versteckt. Beruhigt war er wieder nach Hause gefahren.

Sein Blick fiel wieder auf die Adresse.

„Mach mal das Internet an und suche die Adresse."

Sie sah ihn über den Brillenrand an. Sein Ton gefiel ihr nicht. Aber ihm war es egal.

„Was ist jetzt?"

„Ok. Also. In diesem Haus gibt es im Erdgeschoss einen Delikatessladen und drüber eine Detektei. Keine Wohnungen."

Alfred wurde blass. Was wollte dieser Noah von Ronny? Wenn er Ronny aufstöberte, dann würde Ronny früher oder später bei ihm ins Haus schneien.

Allein dieser Gedanke beunruhigte ihn. Er kippte seinen Kaffee hinunter und fragte: „Was wollte dieser Noah von dir sonst noch wissen?"

„Wir sind kurz auf Tanja gekommen, aber sonst war da nichts.“

Tanja, das fehlte noch. „Wenn er sich nochmal meldet, dann sag mir bitte Bescheid.“ Dann schlüpfte er wieder in seinen Mantel und sagte: „Ich finde allein hinaus.“

09. Januar, Fabienne, „Judy´s Farmhouse-Lodge“, Bungalow

Fabienne kuschelte sich in die Kissen in ihrem Bett. Sie wünschte sich nichts sehnlicher, als nach Hause zu fliegen, und zwar am besten sofort. Sie ging durch, was sie dafür tun musste: Koffer packen, Pass holen, Taxi. Ja, und Noah anrufen.

Dann ab zum Flughafen Kingston und dann weg hier. Das war so weit ganz easy. Oder etwa nicht? Da war nur Ronny. Und ihre Angst vor ihm.

Aber Kofferpacken, Fabienne, das schaffst du. Sie brauchte keine 10 Minuten dafür. Einfach alles rein. Dann Pass holen. Das war schwierig. Lieber vorher telefonieren. Sie probierte es bei Noah. Aber der ging nicht ran. Dann schrieb sie ihm. „Will vom Hostel abreisen, gibt vielleicht Probleme mit Ronny, rufe ein Taxi."

Wenn sie jetzt anrief, war das Taxi in 30 Minuten da. So lange brauchte sie höchstens, bis sie ausgecheckt hatte, und dann würde sie am Mangrovenwäldchen warten.

Das Taxi war bestellt und kam.

Sie zog ihren Koffer hinter sich her und rief Celine an. Ihre Nummer war auf Verenas Handy gespeichert. Es tutete zweimal, dann nahm jemand das Gespräch an.

Es war Ronny. Er stand in der Lounge mit dem Handy am Ohr und starrte zu ihr herunter.

„Da hat *sie* auch dieses Handy geklaut. Was soll das?"

Ronny kam ihr entgegen und riss Fabienne Verenas Handy aus der Hand. Er packte sie am Arm und zog sie ins Hostel. Fabienne gab nach.

„Ronny ich reise ab."

„Ach was."

„Da kommt gleich mein Taxi."

„Schade dass du es nicht nehmen kannst."

Er packte sie und er öffnete die Tür zur Kellertreppe und drängte sie auf die Treppe.

Fabienne

Fabienne wäre beinahe die Treppe hinuntergestürzt. Der Schlüssel drehte sich. Er hatte sie eingesperrt.

Fabienne klammerte sich am Geländer fest. Als sie sich gefangen hatte, setze sie sich auf die oberste Stufe und atmete erst mal aus.

So kam sie hier nie weg. Sie machte das Licht an.

„Oh, das Taxi. Ich werde sagen, du bist schon weg."

Es wurde still. Es dauerte ein wenig, dann hörte sie, wie Ronny zurückkam.

„Und ist dir schon langweilig da unten? Ja? Stell dir vor, du bist da nicht allein."

Fabiennes Herz machte einen Satz, da war noch jemand. Vielleicht Celine? Ronny hatte ihr Handy. Vielleicht saß sie hier unten fest. Sie richtete sich auf und ging die Treppe hinunter.

„Und hast du ihn schon gefunden?“

„Wie ihn? Ich dachte es ist Celine, du hast schließlich ihr Handy!“

„Ach, die, die ist schon wieder abgereist.“

Fabienne ließ die Schultern sinken. Abgereist. Celine war davongekommen, warum nicht sie?

„Und wie lange war sie da?“

„Sie ist gestern vormittags gekommen, war schwimmen und wir haben zusammen zu Abend gegessen.“

Deshalb also hatte er ihr was zu essen gebracht. Sie sank in sich zusammen. Sie hatte Celine verpasst. Wäre sie doch nicht an den Klippen spazieren gegangen. Aber jetzt war es zu spät.

„Also, wer ist mit mir hier unten?“

„Glaub mir, es ist ein ganz cooler Typ.“

„Wie?“

Sie hörte, wie Ronny an die Tür trat. „Ja, der ist wirklich eiskalt.“

„Jetzt sag schon.“

„Es ist Alex.“

„Aber der ist doch verreist.“

„Phh, sag vereist und es trifft es eher. Und macht es langsam klick bei dir? Ja?“

Ihr Blick fiel auf den Gefrierschrank. Sie erhob sich und öffnete die Tür und schlug sie sofort wieder zu.“

„Aha, sie hat ihn gefunden.“

Oben triumphierte Ronny.

Fabienne schluchzte. Sie lief die Treppe hinauf und trommelte gegen die Tür.

„Jetzt lass mich raus.“

„Bleib mal schön da unten. Ich koche uns was Gutes.“

In Fabienne zog sich alles zusammen. Er hatte Alex umgebracht und Verena und Frank auf dem Gewissen. Celine war ihm entkommen.

Was hatte er vor? Was wohl du Schaf, er wird dich umbringen. Fabienne atmete tief aus. Hätte sie doch auf Noah gehört. Da öffnete sich die Kellertür.

„Es ist angerichtet, meine Liebe." Er zog sie in das Esszimmer. „Setz dich doch." Er schob ihr den Stuhl hin und schenkte ihr Wein ein.

„Der ist wirklich sehr gut, ein Premium Wein, der wird dir schmecken."

Sie saß wie eingefroren auf dem Stuhl und starrte Ronny an. Ein Pling.

„Das Handy. Lass mal sehen, wer schreibt. Oh, ein Noah.

Von dem hast du mir noch gar nichts erzählt. Ich darf dir doch vorlesen: „Fabienne, dieser Ronny ist gefährlich. Verschwinde von da, möglichst schnell. Ich fliege nach Jamaika.“

Er sah sie an: „Oh wir bekommen Besuch, da musst du dich aber hübsch machen. Ich glaube die Sonne tut dir nicht gut, du setzt dich mal lieber in den Keller.“

Fabienne erstarrte, oder nein bleib hier, du sollst sehen, wie reich ich bin.“

Er holte Verenas Laptop.

„Hier meine Liebe.“ Aber der Bildschirm war gesperrt. Sein Blick wurde starr. Dann ging er an ihr vorbei und zog sie an den Haaren nach hinten.

„Warst du das?“

„Nein. Echt nicht.“

Er ließ sie los. „Wer könnte es denn sein?“

Fabienne durchzuckte es. Klar, Noah hatte das Passwort geändert. Und wenn er hierher kam, war er genauso in Gefahr wie sie selbst. Sie fing an zu heulen.

„Oh, Fabienne, wer wird denn weinen. Kühle dich ein wenig ab." Er schob sie wieder runter in den Keller. „Weiter, weiter." Er drängte sie durch den Raum mit dem Gefrierschrank in den Raum, der sich von innen nicht öffnen ließ. Und dann fiel die Tür zu.

Jaydan

Jaydan saß auf der Veranda und sah Fabienne zum Hostel hochlaufen. Und er sah das Taxi. Er seufzte erleichtert. Hatte sie es endlich kapiert. Sie würde wegfahren. Doch Fabienne kam nicht aus dem Haus, stattdessen Ronny.

Er konnte nicht verstehen, was er dem Taxifahrer erzählte, aber er sah das Geld, das er ihm in die Hand drückte. Und das Taxi fuhr. Ohne Fabienne.

Das beunruhigte Jaydan. Fabienne tauchte nicht mehr auf. Er rang mit sich. Dann holte er sein Prepaid Handy aus der Schublade, und rief die Polizei in Port Antonio an.

„Es geht um „Judy´s Farmhous-Lodge“, hier ist eine Frau in Lebensgefahr. Kommen Sie bitte.“

Er legte auf. Er hatte etwas unternommen. Ihm war etwas leichter ums Herz.

09. Januar, Polizeistation, Port Antonio, 22.30 Uhr

„Schon wieder dieses Hostel „Judy´s Farmhouse-Lodge“, jetzt hat ein Mann angerufen.“

„Dann fahrt mal raus und grüßt Alex schön von mir."

„Ja, machen wir."

„Aber ich bin sicher, da ist nichts. Die Leute werden alle immer verrückter."

09. Januar, Ronny, „Judy´s Farmhouse-Lodge"

Ronny hörte den Polizeiwagen kommen. Schnell packte er das zweite Gedeck in die Küchenspüle und ließ Wasser ein und gab Spülmittel dazu. Unter dem Schaum verschwand alles. Dann kamen die beiden Polizisten auch schon zur Tür herein. „Hallo, alles in Ordnung hier?" Die zwei sahen sich um.

„Ja, danke. Was führt Sie hierher?"

„Wir hatten gerade einen Anruf, eine Frau sei in Gefahr." „Hier?" Ronny verzog das Gesicht. „Versteh ich nicht. Wer hat angerufen?"

„Es war ein anonymer Anruf." Jaydan, dachte er.

„Verstehe. Nein, aber Sie sehen, ich habe gerade keine Gäste. Wer sollte hier gefährdet sein."

„Ja, gut." Der Jüngere von den beiden sah sich um.

„Dürfte ich mal in den Eisschrank in der Küche schauen?" „Ja, bitte."

Ein verwelkter Salat und ein paar Eier teilten sich den Platz mit Saft und Tomaten. „Wollen Sie auch noch in den Keller?", fragte Ronny und er öffnete die Tür. Der Polizist warf einen Blick in die Dunkelheit und sagte: „Danke. Ist schon in Ordnung. Ja und schöne Grüße sollen wir noch von Ricardo ausrichten, Alex."

Ronny lächelte.

„Danke grüßen Sie ihn auch von mir.“

Der Polizist drehte sich noch mal auf der Schwelle um und sagte: „Wer könnte der Anrufer sein?“

„Ich weiß nicht, vor einer Woche hatte ich zwei Backpacker, die immer betrunken waren, und denen das Essen nicht geschmeckt hat. Vielleicht waren es die.“

Die Polizisten fuhren weg. Ronny sah ihnen hinterher. Jaydan. Dafür würde er büßen. Aber zuerst würde er sich Fabienne vornehmen und dann diesen Noah erwarten.

Fabienne

Fabienne zitterte vor Angst. Jetzt war es aus. Er würde sie töten und Noah auch. Was sollte aus

Omi werden? Sie atmete tief durch. Ein und wieder aus. Yoga-Atmung.

Sie dachte an Celine, wenn die es schaffte, warum nicht sie selbst. Sie riss sich zusammen und inspizierte diesen Kellerraum. Vielleicht konnte sie Ronny in eine Falle locken und entwischen. Es gab drei Lampen mit Glühbirnen, allesamt schwach. Sie konnte die Lampen vom Boden aus erreichen. Der Raum war nicht hoch. Sie holte sich einen alten Lappen, drehte die erste Glühbirne heraus und die zweite. Es war deutlich dunkler hier drinnen. Sie fand einen Sack. Wenn sie den füllte und in die Ecke legte, dann konnte man von der Tür aus glauben, das wäre sie, während sie durch die Tür entwischte. Was packte sie hinein? Sie fand alte Lumpen und stopfte sie hinein. Dann drapierte sie alles im Eck. Sie legte einen Schlauch aus, als

Stolperfalle und stellte sich dicht neben die Tür. Ihre Hände schwitzten vor Aufregung. Sie suchte ein Taschentuch.

Was war in ihrer Hosentasche? Sie holte die Kosmetikschere heraus. Schön spitz. Zustechen konnte sie damit. Sie holte die Schere aus der Plastikverpackung und umklammerte sie. Jetzt war sie vorbereitet. Ronny konnte kommen. Doch der ließ sich Zeit.

Und Fabienne wurde müde. Diese Anspannung, das alles war so anstrengend. Sie saß neben der Tür und wartete. Sie hatte keine Ahnung, wie viel Zeit vergangen war, bis sie Schritte hörte. Das war Ronny. Sie richtete sich auf und wartete, bis die Tür aufging. Ronny kam herein.

„Warum ist es so dunkel hier? Fabiennchen, wo bist du?"

Er steckte ein Brett zwischen die Tür und den Türrahmen, damit sie offen stehen blieb. Er tastete sich einen Schritt ins Halbdunkel. Sie wollte hinter ihm durchwischen, hatte schon die Befestigung der Tür gelöst, als er sich drehte und sie festhielt. „Nicht so schnell meine Liebe."

Er drängte sie zurück in den Raum, verhedderte sich mit dem Schlauch und fiel auf sie drauf. Fabienne hielt den Griff der Schere umklammert, sodass er, als er Fabienne mit zu Boden riss, in die Schere hineinstürzte. Er gab einen Schmerzenslaut von sich und drückte Fabienne mit seinem Gewicht zu Boden.

Sie schob ihn zur Seite, dafür brauchte sie all ihre Kraft und rollte ihn von sich weg. Er gab keinen Mucks mehr von sich. Ob er tot war? Da sah sie die Tür langsam zufallen, sie rappelte sich auf und bevor sie die Tür erreichte, rastete die Tür im Schloss ein.

Fabienne schnappte nach Luft. Jetzt war alles verloren. Wer würde sie hier finden?

Bitte Noah, geh auch in den Keller. Bitte.

Vielleicht hatte Ronny ein Handy dabei. Er rührte sich nicht, sah aus wie tot. Sie durchsuchte seine Taschen. Verenas Handy. Mit zitternden Händen schaltete sie es an.

Kein Empfang. Keine Chance.

Jetzt war alles vorbei. Ihre einzige Hoffnung war Jaydan. Aber der hatte vermutlich Angst vor Ronny.

Sie wartete auf Rettung, die nicht kam, und die Zeit schien stehen zu bleiben. Sie hatte Durst, die Zunge klebte am Gaumen. Sie durchsuchte den Raum nach Wasser.

Aber sie fand nichts. Trotzdem fiel sie irgendwann in einen tiefen Schlaf.

10. Januar, Ankunft Jamaika, Noah

Die letzten beiden Tage hatten ihn ausgelaugt. Die Flugzeit hatte er völlig verschlafen und jetzt brauchte er die letzten Energiereserven, um Fabienne zu finden. Bis Port Antonio brauchte er gut zwei Stunden und das über holprige Straßen. Und er gestand es sich ungern ein, aber er hatte Angst vor diesem Ronny. Irgendwie hoffte, dass sich die Sache einfach so auflöste, dass Fabienne schon weg war. Aber das war unwahrscheinlich. Trotzdem konnte er es kaum erwarten anzukommen.

In Port Antonio bezahlte er sein Taxi für die Fahrt vom Flughafen hierher und suchte sich ein Taxi von hier.

„Wollen Sie da wirklich hin?“, fragte der Fahrer, nachdem er „Judy´s Farmhouse-Lodge“ als Fahrziel angegeben hatte.

„Ja.“

„Es wird erzählt, dass da nicht mehr alle Leute zurückkommen.“

„Wissen Sie das sicher?“

„Was man hört.“

Noah hatte ein ungutes Gefühl bei der Sache. Er wurde hier auch noch vorgewarnt. Das ließ ihn das Schlimmste erwarten. Aber zur Polizei gehen, einfach so, ohne Beweis, nein, das wollte er auch nicht.

Er vertraute auf sein Glück. Immerhin wusste Fabiennes Omi und alle im Büro, wo er war. Wenn er nicht mehr zurückkam. Aber diesen Gedanken schob er schnell beiseite.

Noah atmete tief aus, als das Hostel vor ihnen auftauchte. „Sieht doch ganz gemütlich aus.“ Der

Fahrer lächelte ihn unsicher an. „Soll ich warten?“

„Nein.“ Der Fahrer stellte nicht einmal den Motor ab. So eilig hatte er es von hier wegzukommen.

Noah zahlte ihn und schritt auf das Haus zu. Das Taxi verschwand im Mangrovenwald. Noah öffnete die Tür.

„Hallo ist da jemand?“

Es war still, sehr still. Er sah den Staub in der Luft tanzen. Auf ihn wirkte alles, als wäre es schon ewig lang unbewohnt, aber in der Küche standen Teller mit Essensresten. Vor nicht allzu langer Zeit hatte hier jemand gekocht. Er lief durch alle Räume. Nichts. Er öffnete die Tür zum Keller. Aber ging nicht hinunter. Den hob er sich für später auf. Draußen ging er von einem Bungalow zum nächsten. Alle waren leer. Nur in Bungalow zwei war das Bett benutzt. Noah war frustriert, er hatte so gehofft, wenigstens einen Hinweis auf Fabienne zu finden.

Er drehte sich um und sah zum Nachbarhaus. Jaydan stand auf der Veranda. Noah stieg die steile Treppe zu ihm hoch. „Hallo, ich suche Fabienne. Oder jemanden, der in dem Hostel da unten lebt."

„Ah."

„Ja, ist da jemand im Hostel?"

Jaydan machte die Zigarette aus. „Warten Sie, ich komme mit." Er ging voraus.

„Hier ist niemand."

„Waren Sie schon im Keller?"

„Nein."

Noah schauderte, als er die uralte Steintreppe hinunterging. Der Raum war leer bis auf diesen Gefrierschrank, der surrte. Es gab noch eine Tür.

Jaydan zögerte. Dann drückte er die Klinke nach unten und öffnete die Tür. Ein Schwall verbrauchter Luft schlug ihnen entgegen. Im schwachen Lichtschein kauerte Fabienne auf dem Steinboden. Noah war glücklich und entsetzt zugleich.

„Fabienne, komm raus hier." „Noah. Ich bin so froh, dass du da bist." Fabienne war völlig fertig. Sie zitterte und schaffte es nicht, allein aufzustehen.

Noah zog sie hoch. „Jetzt wird alles gut.", sagte er. Sie schaute ihn aus rotverweinten Augen an.

„Ich habe Ronny umgebracht."

Jaydan spreizte die Tür ein und betrat den Raum. Er warf einen Blick auf Ronny. „Sieht tot aus."

„Gehen wir rauf."

Sie ließen die Tür offen stehen. Tote laufen nicht weg, dachte Noah.

„Was ist passiert?", fragte er Fabienne, als sie oben waren.

„Ronny wollte mich umbringen." Stoßweise brachte sie die ganze Geschichte heraus. Sie erzählte ihnen von Alex im Gefrierschrank.

Noah tauschte einen Blick mit Jaydan und sagte dann:

„Wenn du willst, fahren wir jetzt gleich zum Flughafen und fliegen nach Hause." Jaydan nickte. „Es wird das Beste sein. Ich regle das hier."

Fabienne strahlte.

Jaydan ging in sein Haus zurück und rief den beiden ein Taxi. Jetzt gehörte das Hostel ihm. Alex war tot und Ronny auch.

Fabienne holte sich ihr Handy aus der Küche, sie schnappten sich den Laptop von Verena und die Papiere und dann machten sie auf den Weg. Jaydan winkte ihnen von der Veranda aus zu.

„Bitte fahren Sie uns nach Kingston.“

„Aber gerne.“, sagte der Taxifahrer.

„Wir sollten noch die Behörden informieren.“, sagte Noah. „Aber ich rufe mal lieber den Chef an.“

„Ich habe ein Problem“, sagte Fabienne. „Ich reise zu spät aus.“ „Das regeln wir auch noch.“, sagte Noah.

Noah telefoniert und dann sagte er: „Wir müssen bei der deutschen Botschaft vorbei. Eine Aussage machen. Sicher ist sicher. Und die erledigen das mit den Behörden vor Ort.“

„Ich will nur nach Hause.“, sagte Fabienne. Es dauerte doch alles ein wenig länger. Aber irgendwann saßen sie im Flugzeug nach Deutschland.

„Dann darf ich dir gratulieren. Du hast die beiden Anlagebetrüger aufgespürt.“

„Ja, aber leider sind sie tot."

„Aber es ist noch sehr viel Geld auf den Konten und die geprellten Anleger dürfen sich freuen."

Fabienne atmete durch.

„Und trotzdem, hätte ich das alles vorher gewusst, ich hätte mich niemals darauf eingelassen."

Noah lachte.

„Jedenfalls hast du uns alle überrascht."

„Und Omi wird sich freuen."

10. Januar, Jamaika, Jaydan, zwei Stunden nach Abreise von Fabienne

Er hatte Alex gesehen und gewusst, dass das Hostel jetzt ihm gehören würde. Er erbte alles.

Die Polizei war unterwegs und sah sich die Sache an, bevor die Leichen bestattet werden konnten. Er sperrte den Beamten die Tür auf.

Sie gingen runter in den Keller. Er wartete draußen.

„Äh, Jaydan."

„Ja."

„Wir haben Alex gefunden, aber wo ist Ronnys Leiche?"

„Im Raum dahinter. Die Tür steht auf."

„Wie? Da ist nichts."

„Ich komme."

Das konnte doch nicht sein. Ronny war tot.

Jaydan stieg die Treppe hinunter und ging direkt in diesen Raum. Da lag nichts, kein Ronny. Nur als er sich genauer umsah, eine Kosmetikschere mit Blut an der Spitze. Ronny lebte.

Er überlegte, ob er Fabienne davon erzählen sollte. Aber er ließ es. Er sperrte alles ab und beschloss, ein paar Tage Verwandte in Kingston zu besuchen. Tapetenwechsel nach dem ganzen

Stress. Alles easy, aber in Wirklichkeit hatte er einfach nur Angst davor, dass Ronny bei ihm auftauchte.

Vorher besuchte er Ronnys einzigen Freund. Seinen Bussard. Jaydan öffnete die Voliere. „Du bist frei. Flieg." Der Bussard blieb sitzen. Jaydan ließ die Tür offen stehen. Manchmal dauerte es lange, bis man begriff, dass man frei war, dachte er.

20. Januar, Alfred, Tübingen

Seit dieser Noah aufgetaucht war, waren nun schon einige Tage vergangen und nichts war passiert. Jeden Abend vor dem Schlafen gehen kontrollierte er alle Türen und Fenster, ließ die Rollläden herunter und erst dann legte er sich ins Bett. Auf dem Nachtisch hatte er seine Sig Sauer P229 liegen. Er würde Ronny gebührend empfangen. Und trotzdem wachte er jede Nacht beim kleinsten Geräusch auf und morgens öffnete er die Augen schweißgebadet. Er hatte Angst. Ein Gefühl, das er sein Leben lang nicht kannte, jetzt war es da. Es schnürte ihm den Hals zu.

Dabei hatte er doch keinen Grund dafür. Ronny war sein Geschöpf. Und sicher nicht schlauer als er selbst.

Trotzdem zuckte er bei jedem Läuten an der Haustür zusammen. Und er spürte es in allen Poren. Ronny war auf dem Weg hierher.

Abends spielte er Schach mit seinem Nachbarn. Er war derartig unkonzentriert, dass der ihn fragte: „Was ist los? Probleme? So wie du spielst, du bist nicht bei der Sache, mein Lieber. Das grenzt an Beleidung."

Er atmete durch. Es wurde Zeit zu handeln. „Ja, ja, weißt du ich habe da ein familiäres Problem."

„Versteh schon. Wenn du Hilfe brauchst.."

„Nein, nicht direkt."

„Aha. Ruf mich an, wenn es dir besser geht."

Sein Nachbar verabschiedete sich.

Und Alfred wartete. Er überlegte, war Ronny ein Risiko für ihn? Was wusste Ronny? Wäre es nicht am einfachsten für eine Zeit in ein fernes Land zu verreisen? Er stellte sich vor, nach Indien zu fahren und dort die letzten Wochen im Winter und das Frühjahr zu verbringen. Aber dann würde Ronny womöglich ihn hier erwarten. Nein, nein, das ging auf keinen Fall. Außerdem konnte es sein, dass Ronny von der Polizei gesucht wurde. Und wenn Ronny wirklich alles auspackte, dann zog Ronny ihn mit ins Verderben. Nein, er musste seinen Plan zu Ende bringen. Ronny, Kind Nummer zwei, umbringen, damit am Ende keiner aus dieser Familie überlebt hatte. Alfred war Ronnys Alleinerbe. Zu diesem Testament hatte er Ronny gedrängt, bevor er Ronny auf Weltreise schickte.

Anke würde leer ausgehen. Und er hatte sie alle vernichtet. Steffen, Marina, das Baby und Ronny. Seine Rache war perfekt.

Er würde Ronny anrufen. Ronny einladen. Ronny beseitigen. Punkt. Er hatte das Heft in der Hand. Nicht dieser Bengel.

Die Angst ließ ein wenig nach. Alfred entspannte sich. Jetzt brauchte er nur noch einen Plan und den Kontakt zu Ronny.

Es gab diesen Weg. Er hatte Ronny ein Prepaid Handy für den Notfall gegeben. Es war nur die Frage, ob

Ronny es noch hatte und ob es funktionierte.

Er würde Ronny zu sich einladen, gemeinsam mit ihm einen Ausflug in die Berge unternehmen. Er war in jedem Fall der bessere Bergsteiger. Ronny war nur so ein Flachlandspaziergänger. Er kannte ein paar Touren, die gerade bei winterlichen Verhältnissen nicht ohne waren. Und er konnte Ronny auch einfach in der Einsamkeit umbringen. Mit einer Thermoskanne Tee vielleicht.

Jedenfalls würde er Ronny einladen und so tun, als sei alles in bester Ordnung.

Doch es fiel ihm schwerer als gedacht, die Nummer anzuwählen. Irgendwie rechnete er nicht damit, Ronny zu erreichen. Doch das „Ja" am anderen Ende der Leitung war in jedem Fall Ronny.

„Hallo Ronny, wie geht`s denn so? Wo steckst du gerade?" „Oh, Onkel Alfred. Ich bin in Portugal. Ich hatte tatsächlich die Absicht demnächst mal nach Hause zu kommen."

„Das ist doch schön. Wie lange bleibst du noch in Portugal?"

„Schwer zu sagen. Ich würde sagen bis Ende des Monats." „Ja, dann komm doch bei mir vorbei, sagen wir am 3. Februar. Das Wochenende vorher bin ich unterwegs."

„Ja, gut, am 3. Februar."

„Und was gibt es sonst bei dir?"

„Nichts Besonderes. Die Karibik ist auf Dauer auch langweilig."

Alfred lachte. „Wie alles im Leben, wenn man es immer hat." Sie verabschiedeten sich. Alfreds Laune besserte sich enorm. Es war genug Zeit, alles vorzubereiten. Am Montag würde er ihn empfangen und ausfragen, die Lage checken und am

Dienstag ging es ab in die Berge. Und dann war die Sache erledigt.

Er trommelte mit den Fingerkuppen auf dem Schreibtisch herum. Irgendetwas störte ihn an der Sache trotzdem.

Ja, das war es: Ronny hatte irgendwas angestellt, sonst wäre dieser Noah hier nicht aufgetaucht. Und früher hätte Ronny ihn in alles eingeweiht, ihn um Hilfe gebeten. Aber heute, kein Wort über irgendwelche Schwierigkeiten.

Das ärgerte ihn. Und er fragte sich, wie es dazu kommen konnte.

Ob es daran lag, dass er Ronny frei gelassen hatte, als er ihn in die Welt hinausschickte?

Ronny war auf dem Weg zu ihm. Das war sicher. Es war besser, ihm vorbereitet gegenüber zu treten.

Denn: Ronny war kein Kind mehr.

12. bis 31. Januar, Fabienne

Die nächsten Tage zu Hause flogen nur so dahin. Die Hausarbeit über Frans Hals, den niederländischen Maler hakte Fabienne ab. Das verschob sie um ein Semester. Fabienne traf sich mit ihren Fitness-Mädels und mit Noah, wenn er Zeit hatte. Celine hatte sich tatsächlich bei ihr gemeldet und wollte sich mit ihr demnächst treffen. Celine hatte ihr Gedächtnis wiedererlangt und war zurück in Deutschland. Ein neues Leben beginnen, wie sie sagte.

10. Januar, „Judy´s Farmhouse-Lodge" Keller, Ronny

Es war ruhig um ihn herum, als Ronny aus seiner Ohnmacht erwachte, aber er erinnerte sich sofort. Fabienne, dieses kleine Biest, hatte ihm eine Schere in den Leib gerammt. Oder nein, er war in die Schere hineingestürzt.

Nur gut, dass das Teil nicht länger war und an allen wichtigen Organen vorbeigegangen war. Das Hemd und die Jeansweste darüber hatten ihn vor dem Schlimmsten bewahrt. Er zog die Schere heraus, stöhnte kurz und rappelte sich auf. In seinem Gehirn lief die Checkliste für schnelles Verschwinden. Ronny sah sich um. Keiner mehr da. Von Jaydan keine Spur. Aber es würde nicht lange dauern, bis irgendjemand käme, um ihn oder seine Leiche zu holen. Ronny beeilte sich, nach oben zu kommen. Er packte seine Tasche, rasierte den Bart ab und schnitt die Haare etwas kürzer, holte sein Geld aus dem Tresor und wurde wieder zu Finn. Und er schrieb sich Fabiennes Adresse auf. Ronny traute sich nicht nach Port Antonio, deshalb lief er runter zum Boot und fuhr auf die andere Seite der Bucht. Von dort ging es mit einem Taxi weiter nach Kingston. Hier würde er erst einige Tage untertauchen und dann auf einem Frachter anheuern.

Er verbrachte vier Tage fast ausschließlich auf seinem Zimmer, bis er am fünften Tag im Internet las, dass das Paar, das den Anlagebetrug begangen hatte, tot aufgefunden worden _war_, und das Geld zumindest teilweise an die Anleger zurückerstattet wurde. Er suchte nach Fabienne, aber sie wurde im Artikel nicht erwähnt.

Doch er war sich sicher, dass sie zurück in Deutschland war. Er heuerte als Schiffsmechaniker auf der „Old Lady" an. Ein Tanker, der unter der Flagge Panamas fuhr und Ware nach Portugal verschiffte. Das war ideal. Von Portugal aus würde er sehen, wie sein Leben weiterging.

20. Januar, Ronny, Lissabon

Die Überfahrt verlief reibungslos. Er machte seinen Job. Nach einer Woche ging er in Lissabon an Land, hatte festen Boden unter den Füßen. Das Meer war nicht seine Welt. Auch wenn ihn der Kapitän gerne in der Mannschaft behalten hätte. Nein, das Leben an Land gefiel ihm besser. Ronny nahm sich ein Zimmer in einem Hotel mitten in der Stadt, ließ die Musik der Stadt, die Motorengeräusche, das Quietschen der Bahn, das

Brummen der Stadt zu sich ins Zimmer.

Es gefiel ihm hier besser als in der Karibik. Er sog die Luft ein, und es war schöner als in Tübingen. Da zog es ihn nicht hin. Deutschland lag noch unter einer dicken Schneedecke, anders als hier, Sonnenschein bei 16 Grad. Europa hatte ihn wieder. Er entspannte auf seinem Bett, sog die Meeresluft ein, die sogar bis in sein Zimmer vordrang.

So ließ es sich leben. Bis ein Handy läutete. Das Läuten drang aus seiner Tasche. Es war das Prepaid Handy von Onkel Alfred. Er hatte es ihm aufgedrängt.

„Nur für den Notfall Ronny."
Und er hatte es pflichtbewusst immer wieder aufgeladen. Im festen Glauben, dass dieses Handy niemals einen Ton von sich geben würde.

Alfred wollte ihn loshaben. Das war sicher.

Kurz überlegte er, ob er den Anruf annehmen sollte. Dann sagte er „Ja."

Onkel Alfred. Was genau wollte er von ihm? Irgendwas stimmte nicht, sonst hätte er ihn nicht angerufen. Aus Sehnsucht meldete der sich sicher nicht. Aber was wollte er? Er würde Alfred besuchen. Und dann nach Portugal zurückkehren. Hier sah er seine Zukunft. Aber zuerst, zuerst war Fabienne an der Reihe. Sie hatte seine Wut auf sich gezogen. Sie war fällig.

Und bevor Ronny irgendetwas anfing, besuchte er Tante Anke. Einfach mal die Lage checken. Tante Anke war harmlos die Gute.

Ob er sie einfach überraschen sollte? Ja, warum nicht. Er würde als Finn einreisen. Mit dem Zug bis nach München fahren und dann würde er sich um Fabienne kümmern. Bis zum 03. Februar war noch ein wenig Zeit. Aber die brauchte Ronny auch. Fabiennes Adresse hatte er sich noch im Hostel notiert. Nur wollte er die Sache nicht ganz ohne Plan angehen. Fabienne war zwar klein und schwach, aber irgendwie war sie doch auch ein Biest. Er hatte Fabienne schon mal unterschätzt. Das würde ihm nicht mehr passieren. Er nahm sich drei Tag Zeit für die Reise und dann besuchte er Tante Anke. Die würde ihn auch sicher bei sich wohnen lassen.

Ronny reiste nach Deutschland und stand am 24. Januar um 3 Uhr nachmittags bei Tante Anke vor der Haustür.

„Ach, Ronny, Mensch, komm rein." Sie fiel ihm um den Hals. „Warum hast du dich nicht gemeldet. Ich habe mir schon Sorgen um dich gemacht." Sie lachte. Ronny zuckte mit den Schultern, trat seine Schuhe auf der Fußmatte mit der Aufschrift „Welcome" ab und betrat ihr Haus. Es duftete nach Hibiskus Tee und frischem Apfelkuchen. Backen konnte sie, die Tante Anke.

„Und wo warst du?"

„Bah, in der Karibik." Er erzählte von den Blue Mountains, dem türkisblauen Meer und bemerkte wie sich in ihren Augen Sehnsucht spiegelte.

„Ja, und dann war ich noch in Lissabon. Eine schöne Stadt."

„Ronny du bist ja ein richtiger Weltreisender geworden. Wie schön."

Sie legte ihm das zweite Stück Kuchen auf den Teller. „Und was gibt´s bei dir Neues?"

„Nicht viel. Alfred war ein paar Mal da. Er wollte dich schon als vermisst melden. Aber ich sagte immer, unser Ronny kommt zurück."

So war das also. Ronny war schlagartig klar, worauf die Sache rauslaufen sollte. Alfred wollte ihn beerben. Deshalb hatte Alfred darauf bestanden, dass er sein Testament macht, bevor er aufbrach. Dafür würde Alfred büßen.

„Er ist sogar mal in dein Baumhaus hochgeklettert.", sagte Tante Anke.

Ronny fühlte sich unwohl, obwohl Alfred alles wusste, was er in seinem Tagebuch vermerkt hatte. Aber es war ihm sicher nicht recht, dass er alle Mordfantasien-Pläne, die sie gemeinsam durchgespielt hatten, schriftlich festgehalten hatte.

„Und?", fragte er. Sein Auge zuckte wieder. Er bekam es einfach nicht unter Kontrolle.

„Nichts, er ist wieder runtergekommen und meinte, dass da

oben viel Staub liegt.", sagte Anke und trank einen Schluck Tee.

„Ah."

Alfred hatte sein Tagebuch also nicht gefunden.

„Ja und dann habe ich dir Unterlagen von deiner Mutter hochgelegt. Das ist noch nicht so lange her. Die Zeichnungen und Texte sind sehr persönlich und nur für dich bestimmt." Anke nahm auch vom Kuchen und fragte ihn: „Und was hast du vor, jetzt, wo du wieder hier bist?"

„Mmm, Onkel Alfred hat mich eingeladen. Mal sehen, was sich sonst noch tut. Kann ich ein paar Tage bei dir bleiben?"

„Sicher. Das Gästezimmer ist frei."

„Ja, und ein Bad wäre schön."

Anke lachte und sagte: „Und ein Besuch beim Friseur wäre auch nicht schlecht."

„Ach, was schneide du mir die Haar, so wie früher."

„Wenn du meinst. Aber das kommt später."

Ronny verbrachte den Nachmittag in Ankes Wohnzimmer. Er fühlte sich so zu Hause hier, dass er für eine Weile all seine Rachepläne vergaß. Er lag ein wenig vor dem Fernseher, zappte durch die Programme. Dann fielen ihm die Unterlagen seiner Mutter wieder ein. Wollte sie ihm damit etwas sagen? Sie war tot. Aber sie war der einzige Mensch, der ihn wirklich kannte. Es war mehr Neugier, als ein sich verpflichtet fühlen, sich die Sachen anzusehen. Am Abend stieg er hoch in sein Baumhaus, fand die Mappe auf dem Schreibtisch und nahm sie mit ins Gästezimmer.

Und er begann zu lesen. An folgendem Absatz blieb er hängen:

Aber ich weiß,,, Ronny ist Alfreds Sohn. Ich habe es sofort gespürt und Steffen auch. Auch wenn wir nie darüber gesprochen haben. Ich habe diesen Verdacht später per DNA-Test überprüft. Und meine Vermutung wurde bestätigt. Niemand weiß davon. Steffen nicht, Alfred nicht und Ronny auch nicht.

Ronny wurde weiß. Für einen Moment wusste er nicht, ob er sie hassen sollte oder Alfred.

Aber die Sache, dass Alfred sein Vater war, veränderte für ihn alles. Er war nicht der Sohn von Steffen, diesem Schwächling, sondern von Alfred. Und der hatte keine Ahnung davon.

Er legte die Unterlagen beiseite und beschloss, zuerst die Sache mit Fabienne zu regeln. Den nächsten Tag verbrachte er im Baumarkt, kaufte sich Handwerker Outfit, ein Flanell Karo Hemd und eine dunkelgraue Hose, ein Käppi und einen Werkzeugkasten. Danach mietete er sich einen Kastenwagen als Finn Sandner.

Jetzt war er vorbereitet.

Er fuhr ein wenig in der Stadt herum, kreuz und quer um ein Gefühl dafür für die Straßen und Viertel zu bekommen. Schließlich kreiste er um das Viertel, in dem Fabienne wohnte, parkte den Wagen und spazierte zum Haus.

Es war ein modernes weiß getünchtes blockförmiges Gebäude und er stellte fest, dass Fabienne im Erdgeschoss wohnte. Er lachte. Sein Fabiennchen machte es ihm leicht. Er umrundete das Haus. Zu ihrer Wohnung gehörte ein kleiner Garten mit Terrasse. Beste Voraussetzungen für sein Unternehmen. Er suchte sich noch ein Zielgebiet, wo er sie loswerden wollte, und er fand ein Waldgebiet, gar nicht so weit von der Wohnung entfernt. Das lief doch.

Jetzt noch ein wenig entspannen bei Tante Anke. Für heute hatte sie ihm einen Zwiebelrostbraten versprochen. Als er zurückkam, hatte sie schon den Tisch für sie beide gedeckt, und es duftete verführerisch aus der Küche. Sie ließen es sich schmecken.

Nach Fabienne war Onkel Alfred an der Reihe.

Und was danach kam, war nicht wichtig.

01. Februar, Fabienne, München

Es war immer noch Winter und die Schneeflocken wirbelten nur so durch die Luft, als Fabienne an einem eiskalten Februarabend zurück in ihre Wohnung kam. Vor dem Haus war ihr schon dieser weiße Kastenwagen aufgefallen, so wie er oft von Handwerkern gefahren wurde. Aber sie machte sich darüber keine Gedanken. Mit rot gefrorenen Fingern fischte sie die Hausschlüssel aus der Tasche und sperrte auf.

In der Wohnung roch es seltsam. Wie Tabak oder Zedernholz, sie konnte den Geruch überhaupt nicht einordnen.

Sie machte Licht. In ihrem Fernsehsessel saß Ronny. Sie stieß einen spitzen Schrei aus.

„Ich bin zurück Fabienne, ich komme dich zu holen."

Er war mit zwei Schritten bei ihr und drückte ihr ein Tuch ins Gesicht, sodass sie das Bewusstsein verlor.

Er wickelt sie in eine Decke und trug sie hinaus, packte sie in den Wagen. Dann fuhr er los.

Fabienne erwachte voller Angst. Ronny. Er lebte. Sie griff nach ihrem Handy, aber das Netz war schwach. Warum hatte sie sich nur für diesen Mobilfunkvertrag entschieden. Außerdem sie hatte Angst, dass Ronny sie hören könnte, wenn sie telefonierte. Sie stellte das Handy auf lautlos und schob es zurück in die Jackentasche. Sie musste auf eine bessere Gelegenheit warten.

Es war so kalt hier. Sie wollte doch zu Omi zum Essen kommen. Hoffentlich unternahm Omi etwas. Fabiennes Herz pochte so laut, dass sie glaubte, Ronny müsste es vorne im Wagen hören.

Omi

Um zwanzig nach sieben wusste sie nicht, ob sie sich ärgern sollte oder Sorgen machen. Wo blieb Fabienne bloß? Bei sich zu Hause war sie nicht. Da hatte sie schon angerufen. Sie überlegte. Fabienne arbeitete seit dieser Jamaika-Sache viel in dieser Detektei und blieb jetzt auch immer länger. Am besten sie rief dort an. Es klingelte einmal, zweimal. Nach dem zehnten Mal wollte sie auflegen, aber am Apparat war Noah.

„Ah, Sie sind es Noah. Hier ist Wellenbrink, Fabiennes Omi. Ist sie noch da?"

„Äh, nein, sie ist schon vor fast zwei Stunden gegangen."

„Wir sind verabredet und sie ist nicht hier und nicht bei sich zu Hause."

„Oh." Noah atmete tief durch. „Frau Wellenbrink, ich sehe kurz was nach und melde mich dann bei ihnen."

Noah

Seit dieser Geschichte auf Jamaika hatte er ohne Fabiennes Wissen eine Ortungs-App auf ihrem Handy installiert. Das war eigentlich nicht ok, aber er hatte das Gefühl, dass er ein wenig auf sie aufpassen sollte. Und es war ja nur für den Notfall und der war jetzt. Er sah sich an, wo sie war. Und er erschrak. Fabienne bewegte sich irgendwo außerhalb der Stadt in ein Waldgebiet. Das war nicht normal. Vor allem weil sie nicht an ihr Handy ging. Noah setzte sich in seinen Wagen und fuhr los.

Von unterwegs schrieb er seinem Kollegen eine Nachricht: „Bin auf der Suche nach Fabienne, da stimmt was nicht." Er schickte die GPS-

Daten mit. Denn Fabiennes Standort verändert sich gerade nicht mehr.

Ronny

Er pustete in die Hände. Die kalte Luft machte seinen Atem sichtbar. Jetzt galt es. Er stieg aus und machte sich an der Tür zu schaffen. Dieses kleine Biest hatte sich so zusammengerollte, dass er sie kaum aus dem Wagen herausbrachte.

Aber es war ein guter Ort hier. Sehr ruhig, niemand außer ihm und Fabienne. Da knackte es in der Nähe. Er drehte sich um, war da was? Aber er sah nichts. Vielleicht ein Tier? Er ging ein paar Schritte in die Richtung, aus der das Geräusch gekommen war. Sein Puls beschleunigt, er war bereit, jeden anzugreifen, der ihm in die Quere kam. Er verharrte lautlos.

Da war nichts. Er beruhigte sich wieder, drehte sich um. Wo war Fabienne? Wo sie gelegen war, war nichts. Sie war weg.

Fabienne

Ein Geräusch, Ronny war abgelenkt, er entfernte sich einige Meter von ihr, verschwand im Dunklen. Das war ihre Chance. Sie stand auf, beherrschte sich nicht loszulaufen, kein Geräusch zu verursachen, und schlich in den Wald. Hier legte sich auf den gefrorenen festen Waldboden und gab keinen Laut von sich. Ganz nah bei ihr huschte ein Schatten vorbei. Sie unterdrückte einen Schrei und stellte sich tot. Dann stolperte Ronny an ihr vorbei, keine zwei Meter entfernt. Sie hielt den Atem an. Er suchte nach ihr.

„Fabienne, wo bist du, ich kriege dich so und so!"

Sie rührte sich nicht, auch wenn ihre Zehen eiskalt wurden und vor Kälte schmerzten. Erst als sie hörte, wie er schimpfend in den Wagen stieg, die Tür zuknallte und mit aufheulendem Motor losfuhr, atmete sie auf, reckte sich und stand auf.

Es sah so aus, als hätte sie es geschafft. Dann knackte es hinter ihr. Sie erschreckte sich fast zu Tode. „Fabienne, bist du das?" Das war Noahs Stimme.

„Noah?"

„Ja. Ich bin es."

„Was bin ich froh." Fabienne hätte vor Erleichterung heulen können. Noah drückte ihr ein Taschentuch in die Hand.

„Beruhige dich, ist doch alles gut. Ich bringe dich zu deiner Omi. Allein bleibst du heute nicht mehr.

Und wenn es euch recht ist, nehme ich die Wohnzimmer Couch."

„Ja." Fabienne bibberte vor Kälte.

„Woher wusstest du..."

„Soll ich dir das wirklich sagen?" Fabienne zitterte und nickte."

„Ich habe dich per App geortet. Ich hatte Angst, dass dir irgendetwas zustößt."

Fabienne atmete durch. Warum wusste Noah immer, was richtig war? Aber im Moment wollte sie nur in ein heißes Schaumbad und alles vergessen.

„Aber ich weiß immer noch nicht, was genau passiert ist."

„Ronny saß in meiner Wohnung und hat mich erwartet. Ich war zu Tode erschrocken und dann hat er mich betäubt."

Fabienne hatte Angst, mehr als sie zugab. Noah informierte die

Polizei. Doch Ronny war verschwunden und hatte irgendwo das Fahrzeug gewechselt.

Ronny auf dem Weg zu Onkel Alfred

Jetzt war er richtig sauer, diese Fabienne, was hasste er dieses kleine Biest. Da war sie ihm schon wieder durch die Lappen gegangen. Er hätte sie niemals ablegen dürfen. Jetzt war es zu spät. Von hier bis zu Alfred brauchte er dreieinhalb Stunden. Und er brauchte ein anderes Auto. Sicherheitshalber. Er gab Gas und fuhr bis Ulm. Dort parkte er an einem Autohof, sah sich die Autos an. Da parkte ein alter Golf. Vier Jugendliche stiegen aus und gingen Richtung Autohof. Das war seine Chance. Sowie sie verschwunden waren, knackte er die Kiste und fuhr los.

Kurz nach halb zehn Uhr abends kam er in Hagelloch, Tübingen an. Onkel Alfred würde überrascht sein. Er stellte den Wagen eine Straße weiter ab und legte die letzten Meter zu Fuß zurück. Seine Anspannung stieg.

Wie würde er ihn vorfinden?

Er läutete und es dauerte. Für einen Moment wollte er schon aufgeben und gehen, da hörte er, wie sich jemand der Tür näherte, und den Schlüssel ins Schloss steckte. Die Tür öffnete sich.

„Ronny?"

„Ja, ich bins." Er stellte den Fuß in die Tür. Alfred registrierte das und trat einen Schritt zurück.

„Komm rein."

Aber Alfred drehte ihm nicht den Rücken zu. Er ließ ihm den Vortritt. „Wir setzen uns ins

Wohnzimmer." Alfred wartete, bis Ronny Platz genommen hatte.

„Du bist früh dran, Ronny. Ausgemacht war erst Montag."

Ronny zuckte mit den Schultern.

„Und was gibt es?", fragte Alfred. „Warum bist du zurückgekommen?"

Ronny war unschlüssig, sollte er ihm das von Fabienne sagen oder nicht. Bei Tanja hatte er damals vollstes Verständnis. „Es geht um ein Mädchen.", sagte er.

Onkel Alfred winkte ab. „Nicht schon wieder. Das hatten wir alles schon. Warum kannst du nicht einmal tun, was man dir sagt. Auf Weltreise gehen und niemals zurückkehren." Jetzt wurde Ronny sauer. „Damit du mich für vermisst melden kannst und mich beerben oder was? Darum wolltest du, dass ich mein Testament mache, bevor ich gehe."

„Du warst bei Anke."

„Ja. Und ich lass mich nicht mehr so behandeln."

Alfred lachte. „Wie? Du bist nur ein verzogener Bengel."

Alfred war hinter seinen Schreibtisch gegangen.

Die Sig sauer lag tagsüber immer hier. Er öffnete die Schublade. Da sagte Ronny: „Übrigens: Ich bin dein Sohn."

Alfred entglitt die Waffe, sie fiel zu Boden.

Ronny erfasste die Lage, drehte sich nach rechts, griff sich die Adlerbronzestatue, stürzte sich auf ihn und schlug zu.

Alfred war sofort tot. Ronny zuckte zurück. So hatte er das nicht geplant. Er fing sich sofort wieder. Jetzt musste er fliehen, er wollte nicht in den Knast.

Er bückte sich nach der Waffe und durchsuchte das Haus nach Geld. In der Küche fand er 300 Euro. Ronny war auf dem Sprung, als es läutete.

„Ich wollte nur das Mehl zurückgeben.", sagte der Nachbar. „Wo ist denn der Alfred?"

Er schaute an Ronny vorbei ins Haus.

„Der kann gerade nicht." Ronny knallte die Tür hinter sich zu und rannte am Nachbarn vorbei zum Wagen, startete und fuhr weg.

Fabienne, München

Einige Tage später erhielt Fabienne die Nachricht, dass Ronny auf der Flucht an der französischen Grenze gefasst worden war und sich in der U-Haft das Leben genommen hatte.

Kein Wunder, eingesperrt sein war nie sein Ding. Er wollte immer frei wie ein Vogel sein.

Sein Tod berührte sie, aber gleichzeitig fiel eine schwere Last von ihr ab. Sie brauchte keine Angst mehr vor ihm zu haben.

Er hatte Alex, Verena, Frank und seinen Onkel auf dem Gewissen.

Fabiennes Leben hatte sich verändert. In der Arbeit war sie nicht mehr nur das Mädchen für den Kaffee, sondern sie recherchierte und arbeitete mit Noah zusammen an spannenden Fällen.

Mit Celine traf sie sich hin und wieder zum Yoga. Celine betrieb ihr eigenes Studio in Nürnberg, das sie ganz ohne fremde Hilfe finanziert hatte.

Das Wichtigste aber war, dass sie für Omi das Geld zurückgeholt hatte.

ENDE

Personen und Handlungen sind frei erfunden. Ähnlichkeiten mit lebenden oder bereits verstorbenen Personen sind zufällig und nicht beabsichtigt.